O estranho que
veio do mar

Mitch Albom

O estranho que veio do mar

*Um bote salva-vidas. Dez sobreviventes.
Um desconhecido que diz ser Deus.*

SEXTANTE

Título original: *The Stranger in the Lifeboat*

Copyright © 2021 por Asop, Inc.
Copyright da tradução © 2023 por GMT Editores Ltda.

Todos os direitos reservados. Nenhuma parte deste livro pode ser utilizada ou reproduzida sob quaisquer meios existentes sem autorização por escrito dos editores.

tradução: Carolina Simmer
preparo de originais: Melissa Lopes
revisão: Alice Dias e Livia Cabrini
diagramação: Ana Paula Daudt Brandão
capa: Milan Bozic
adaptação de capa: Natali Nabekura
imagens de capa: Getty Images
impressão e acabamento: Bartira Gráfica

CIP-BRASIL. CATALOGAÇÃO NA PUBLICAÇÃO
SINDICATO NACIONAL DOS EDITORES DE LIVROS, RJ

A295e

Albom, Mitch, 1958-
    O estranho que veio do mar / Mitch Albom ; tradução Carolina Simmer. - 1. ed. - Rio de Janeiro : Sextante, 2023.
    240 p. ; 21 cm.

Tradução de: The stranger in the lifeboat
ISBN 978-65-5564-672-6

1. Ficção americana. I. Simmer, Carolina. II. Título.

23-83356

CDD: 813
CDU: 82-3(73)

Meri Gleice Rodrigues de Souza - Bibliotecária - CRB-7/6439

Todos os direitos reservados, no Brasil, por
GMT Editores Ltda.
Rua Voluntários da Pátria, 45 – Gr. 1.404 – Botafogo
22270-000 – Rio de Janeiro – RJ
Tel.: (21) 2538-4100 – Fax: (21) 2286-9244
E-mail: atendimento@sextante.com.br
www.sextante.com.br

*Para Janine, Trisha e Connie,
que todos os dias me ensinam
o incrível poder da fé*

UM

No mar

~~~~~~~~~~~~~~~~~~~~~~~~~~~~~~~~~~

Quando o retiramos da água, seu corpo não tinha nenhum arranhão. Essa foi a primeira coisa que notei. Nós todos estávamos cobertos de cortes e hematomas, mas ele estava ileso, com a pele marrom-clara perfeita e o cabelo escuro e farto desalinhado pela água do mar. Estava sem camisa e não era muito musculoso, aparentando ter uns 20 anos, e seus olhos eram azul-claros, da cor que você imagina o mar quando sonha com uma viagem tropical – bem diferente do cinza das ondas incessantes que cercam este bote apinhado, esperando por nós como um túmulo aberto.

Perdoe o meu tom desesperado, amor. Faz três dias que o *Galáxia* afundou. Não apareceu ninguém para nos ajudar. Tento me manter otimista, acreditando que seremos resgatados em breve. Mas temos pouca comida e água. Já avistamos tubarões. Dá para ver nos olhos de muitas pessoas que elas desistiram. As palavras "Nós vamos morrer" foram enunciadas vezes demais.

Se for para ser assim, se esse de fato for o meu destino, então estou escrevendo nas páginas deste caderno para você, Annabelle, na esperança de que as leia depois que eu partir. Preciso revelar uma coisa a você – e ao mundo também.

Poderia começar explicando por que eu estava a bordo do *Galáxia* naquela noite, ou pelo plano de Dobby, ou pelo fato de eu me sentir profundamente culpado pela explosão do iate, apesar de não saber como isso aconteceu. Mas acho melhor começar a história por esta manhã, quando retiramos o jovem desconhecido do mar. Ele não usava colete salva-vidas nem se agarrava a nada quando o avistamos boiando nas ondas. Esperamos que ele recuperasse o fôlego e, de nossos lugares no bote, nos apresentamos.

Lambert, o chefe, foi o primeiro a falar:

– Jason Lambert. Eu sou o dono do *Galáxia*.

Então foi a vez de Nevin, o britânico alto, que se desculpou por não conseguir se levantar para cumprimentá-lo direito, já que cortou a perna ao escapar da embarcação que afundava. Geri apenas acenou com a cabeça e enrolou a corda que tinha usado para puxar o homem até nós. Yannis ofereceu um aperto de mão fraco. Nina murmurou um "Oi".

A Sra. Laghari, que veio da Índia, não disse nada. Ela parecia não confiar no novato. Jean Philippe, o cozinheiro haitiano, sorriu e disse:

– Bem-vindo, irmão.

Ele manteve a palma da mão do ombro de sua esposa, Bernadette, que dormia. Ela tinha se ferido na explosão, de forma grave, ao que parece. A garotinha que chamamos de Alice, que não disse uma palavra desde que a encontramos agarrada a uma cadeira no mar, permaneceu em silêncio.

Eu fui o último.

– Benji – falei. – Meu nome é Benji.

Por algum motivo, minha voz falhou.

Esperamos o desconhecido responder, mas ele ficou apenas nos encarando com seus grandes olhos.

– Ele deve estar em choque – comentou Lambert.

– Quanto tempo você passou na água? – berrou Nevin, talvez achando que um grito pudesse fazer o rapaz recuperar os sentidos.

Como não recebemos qualquer resposta, Nina tocou o ombro dele e disse:
– Bem, graças ao Senhor encontramos você.
E foi aí que o homem finalmente se manifestou:
– *Eu* sou o Senhor – sussurrou ele.

Em terra

O delegado apagou o cigarro. Sua cadeira rangeu. Já fazia calor naquela manhã em Monserrat, e a camisa branca engomada grudava nas suas costas suadas. Suas têmporas latejavam com a dor de cabeça da ressaca. Ele fitou o homem magro e barbudo que o estava aguardando quando chegara à delegacia.

– Vamos começar de novo – disse o delegado.

Era domingo. Ele ainda estava na cama quando recebera a ligação. *Tem um homem aqui. Ele disse que encontrou um bote daquele iate americano que explodiu.* O delegado tinha murmurado um palavrão. Sua esposa, Patrice, havia gemido e virado para o outro lado.

– A que horas você chegou ontem? – resmungara ela.

– Tarde.

– Tarde quanto?

Ele havia se vestido sem responder, preparado um café instantâneo, servindo-o em um copo de isopor, e esbarrado no batente da porta enquanto saía de casa, batendo o dedão. Ainda doía.

– Eu me chamo Jarty LeFleur – dizia ele agora, analisando o homem do outro lado da mesa. – Sou o chefe da delegacia desta ilha. E o senhor se chama...

– Rom, delegado.

— Você tem um sobrenome, Rom?
— Tenho, delegado.
LeFleur suspirou.
— E qual é?
— Rosh, delegado.

LeFleur anotou o nome, depois acendeu outro cigarro. Ele esfregou a cabeça. Precisava de uma aspirina.

— Então você encontrou um bote, Rom?
— Encontrei, delegado.
— Onde?
— Em Marguerita Bay.
— Quando?
— Ontem.

LeFleur ergueu o olhar e viu que o homem observava a foto na mesa em que ele e a esposa brincavam com a filha pequena sobre uma toalha de praia.

— É a sua família? — perguntou Rom.
— Tira o olho daí — rebateu LeFleur, ríspido. — Olha pra mim. Esse bote... Como sabe que ele veio do *Galáxia*?
— Está escrito do lado de dentro.
— E você simplesmente o encontrou encalhado na praia?
— Sim, delegado.
— Vazio?
— Sim, delegado.

LeFleur suava. Ele puxou o ventilador da mesa para mais perto de si. A história era plausível. Um monte de coisas aparecia na costa norte. Malas, paraquedas, drogas, geringonças para capturar peixes que eram carregadas pelas correntes e iam parar no Atlântico Norte.

Nada era estranho demais para ser transportado pela maré. Mas um bote salva-vidas do *Galáxia*? Isso daria o que falar. O enorme iate de luxo tinha naufragado no ano anterior, a 80 quilômetros de

Cabo Verde, na costa da África Ocidental. O caso fora notícia no mundo todo, principalmente por causa dos ricos e famosos que estavam a bordo. Nenhum deles havia sido encontrado.

LeFleur se balançou para a frente e para trás na cadeira. *Esse bote não se inflou sozinho.* Talvez as autoridades tivessem se enganado. Talvez alguém houvesse sobrevivido à tragédia do *Galáxia*, pelo menos por um tempo.

– Tudo bem, Rom – disse ele, apagando o cigarro. – Vamos dar uma olhada.

No mar

— *Eu* sou o Senhor.
Como reagir depois de ouvir uma coisa dessas, amor? Talvez, em condições normais, eu desse risada ou fizesse uma piada. *Você é o Senhor? Então pode pagar as bebidas.* Mas, sozinho no meio do oceano, com sede e desesperado, admito que fiquei sem ação.
— O que foi que ele disse? — sussurrou Nina.
— Ele disse que é o *Senhor* — zombou Lambert.
— Você tem nome, Senhor? — perguntou Yannis.
— Tenho muitos nomes — respondeu o desconhecido.
Sua voz era calma porém áspera, quase rouca.
— E passou três dias nadando? — interveio a Sra. Laghari. — Impossível.
— Ela tem razão — concordou Geri. — A temperatura da água é de 19 graus. Não dá pra sobreviver nela por três dias.
De todos nós, Geri é a pessoa que tem mais experiência com o mar. Ela foi nadadora olímpica e tem um tom de voz autoritário — confiante, seco, sem tolerância com perguntas bobas — que faz as pessoas prestarem atenção.
— Você usou alguma coisa pra boiar? — berrou Nevin.
— Pelo amor de Deus, Nevin — disse Yannis —, ele não é surdo.
O desconhecido olhou para Yannis quando ouviu "pelo amor

de Deus", e Yannis fechou a boca, como se tentasse engolir as palavras de volta.

– Qual é a sua verdadeira história, rapaz? – perguntou Lambert.

– Eu estou aqui – disse o desconhecido.

– *Por que* você está aqui? – indagou Nina.

– Vocês não chamaram por mim?

Olhamos de relance uns para os outros. Formamos um grupo patético, com os rostos tão queimados pelo sol que temos bolhas na pele, as roupas endurecidas pela água salgada. Não conseguimos ficar de pé sem cair em cima de alguém, o assoalho tem cheiro de borracha, cola e vômito. É verdade que a maioria de nós, em algum momento, em meio aos solavancos das ondas na primeira noite, ou ao encarar o horizonte vazio nos dias seguintes, clamou por intervenção divina. *Por favor, Senhor!... Deus, nos ajude!* Era disso que esse homem estava falando? *Vocês não chamaram por mim?*

Como sabe, Annabelle, passei boa parte da vida questionando minha fé. Fui um coroinha exemplar, como muitos meninos irlandeses, mas me distanciei da Igreja há muitos anos. Pelo que aconteceu com minha mãe. Pelo que aconteceu com você. Decepções de mais. Apoio de menos.

Mesmo assim, nunca imaginei o que eu faria se chamasse o Senhor e Ele aparecesse de fato diante de mim.

– Podem me dar um pouco de água? – perguntou o homem.

– Deus tem sede? – indagou Lambert, rindo. – Maravilha! Quer mais alguma coisa?

– Talvez algo pra comer?

– Que idiotice – resmungou a Sra. Laghari. – É óbvio que ele está gozando com a nossa cara.

– Não! – gritou Nina de repente, seu rosto se contorcendo como o de uma criança contrariada. – Deixem que ele fale. – Ela se virou para o homem. – Você veio nos salvar?

A voz dele se tornou mais branda:

– Só poderei fazer isso quando todos aqui acreditarem que sou quem digo que sou.

Ninguém se mexeu. Dava para ouvir o mar batendo nas laterais do bote. Por fim, Geri, que é prática demais para esse tipo de conversa, examinou o grupo como uma professora irritada antes de dizer:

– Bom, meu amigo, avisa pra gente quando isso acontecer. Até lá, só nos resta redividir nossas porções de comida.

Noticiário

REPÓRTER: *Aqui é Valerie Cortez, a bordo do Galáxia, o espetacular iate de Jason Lambert. O empresário bilionário reuniu algumas das personalidades mais importantes do mundo para uma aventura que irá durar uma semana, e ele está aqui com a gente. Oi, Jason.*

LAMBERT: *Seja bem-vinda, Valerie.*

REPÓRTER: *Você chama este evento fantástico de "Grandiosa Ideia". Por quê?*

LAMBERT: *Porque todos a bordo deste iate já fizeram algo grandioso, algo que redefiniu seu setor, seu país, talvez até o planeta. Temos líderes corporativos, expoentes da tecnologia, da política, do entretenimento. São pessoas com ideias magníficas.*

REPÓRTER: *Pessoas influentes, como você.*

LAMBERT: *Bem... Não sei se eu diria isso.*

REPÓRTER: *E você as reuniu com que objetivo?*

LAMBERT: *Valerie, nós estamos em um iate que vale 200 milhões de dólares. Acho que o objetivo é nos divertirmos!*

REPÓRTER: *Com certeza!*

LAMBERT: *Mas, falando sério... pessoas com boas ideias precisam se cercar de outras pessoas com boas ideias. Elas instigam umas às outras a mudar o mundo.*

REPÓRTER: *Então é como se estivéssemos no Fórum Econômico Mundial de Davos, na Suíça?*

LAMBERT: *Isso. Mas numa versão mais divertida, flutuante.*

REPÓRTER: *E você espera que muitas ideias grandiosas surjam nesta viagem?*

LAMBERT: *Sim, além de algumas ressacas das boas.*

REPÓRTER: *Ressacas, é mesmo?*

LAMBERT: *Que graça tem uma vida sem festas, Valerie?*

No mar

~~~~~~~~~~~~~~~~~~~~~~~~~~~~~~

Lambert está ajoelhado, arfando, na lateral do bote, passando mal. Sua barriga escapa da camiseta, mostrando o umbigo peludo. Parte do vômito espirra de volta no seu rosto, e ele resmunga.

Acabou de anoitecer. O mar está agitado. Outras pessoas também já ficaram enjoadas. Os ventos estão implacáveis. Pode ser que chova. Não chove desde que o *Galáxia* naufragou.

Em retrospecto, vejo que ainda estávamos esperançosos naquela primeira manhã – chocados com os acontecimentos, mas felizes por termos sobrevivido. Nós dez, apertados no bote. Conversamos sobre aviões de resgate. Observamos o horizonte.

– Quem aqui tem filhos? – perguntou a Sra. Laghari de repente, como se começasse uma brincadeira. – Eu tenho dois. Já são adultos.

– Três – respondeu Nevin.

– Cinco – disparou Lambert. – Ganhei.

– Mas quantas esposas? – provocou Nevin.

– A pergunta não era essa – rebateu Lambert.

– Sempre fui ocupado demais para ter filhos – afirmou Yannis.

– Ainda não tenho nenhum – disse Nina.

– Você tem marido? – indagou a Sra. Laghari.

– Eu preciso de um?

A Sra. Laghari deu uma risada.

– Bom, eu precisei! De toda forma, você não vai ter problema nenhum nessa área.

– Nós temos quatro filhos – revelou Jean Philippe. Ele apoiava uma das mãos no ombro da esposa adormecida. – Bernadette e eu. Quatro meninos ótimos. – Ele se virou para mim. – E você, Benji?

– Não tenho filhos, Jean Philippe.

– Você tem esposa?

Hesitei.

– Sim.

– Bom, então já pode começar a produção quando voltarmos para casa!

Nessa hora ele abriu um sorriso largo, e o grupo deu algumas risadas. Mas, conforme o dia avançou, o mar ficou mais revolto, e todos enjoamos. À noite, o clima entre nós mudou. Parecia que estávamos ali havia uma semana. Eu me recordo de ver a pequena Alice dormindo no colo de Nina, cujo rosto estava manchado de lágrimas. A Sra. Laghari segurou sua mão enquanto Nina choramingava:

– E se ninguém encontrar a gente?

E se não encontrassem? Sem uma bússola, Geri tentava mapear nossa rota pelas estrelas. Ela acha que estamos seguindo para o sudoeste, afastando-nos de Cabo Verde e indo mais para o meio do amplo e vazio Atlântico. Isso não é bom.

Durante o dia, a fim de evitarmos a luz solar direta, passamos horas escondidos sob uma cobertura de lona que abrange mais da metade do bote. Precisamos nos sentar a centímetros de distância uns dos outros, quase sem roupas, suados, fedendo. A diferença para o que tínhamos no *Galáxia* é imensa, mesmo que alguns de nós fossem passageiros da embarcação de luxo e outros, funcionários. Aqui, estamos literalmente no mesmo barco – todos seminus e assustados.

A Grandiosa Ideia – a viagem que nos uniu – foi uma invenção de Lambert. Ele tinha dito aos convidados que eles estavam ali para mudar o mundo. Nunca acreditei nisso. O tamanho do iate. Seus vários conveses. A piscina, a academia, o salão de baile. Era disso que ele queria que se lembrassem.

E quanto aos funcionários, como Nina, Bernadette, Jean Philippe e eu? Nós estávamos ali apenas para servir. Eu trabalhava para Jason Lambert havia cinco meses e nunca me sentira tão invisível. A equipe do *Galáxia* era proibida de fazer contato visual com os passageiros, e também não podíamos comer na presença deles. Enquanto isso, Lambert fazia o que queria, entrando de supetão na cozinha, pegando comida com a mão, se refestelando enquanto os trabalhadores abaixavam a cabeça. Agora entendo por que Dobby queria matá-lo.

Afasto o olhar do vômito de Lambert e analiso o recém-chegado, que dorme do lado de fora da lona, com a boca um pouco aberta. Ele não é muito impressionante para um homem que alega ser o Todo-Poderoso. Suas sobrancelhas são grossas, suas bochechas são meio moles, ele tem um queixo largo e orelhas pequenas, parcialmente cobertas pelo cabelo escuro emaranhado. Admito que senti um calafrio quando ele disse aquelas coisas no dia anterior: *Eu estou aqui... Vocês não chamaram por mim?* Mas, depois, quando Geri distribuiu os biscoitos recheados com manteiga de amendoim, ele abriu a embalagem e comeu tudo tão rápido que fiquei com medo de que engasgasse. Duvido que Deus sentiria tanta fome. Com certeza não ao ponto de comer aqueles biscoitos com tanta vontade.

Mesmo assim, por enquanto, ele nos distrai. Mais cedo, enquanto ele dormia, nós nos juntamos para sussurrar teorias.

– Vocês acham que ele está delirando?
– É claro! Deve ter batido a cabeça.
– Impossível ter sobrevivido na água por três dias.
– Uma pessoa conseguiria fazer isso por no máximo quanto tempo?
– Uma vez, li sobre um cara que durou 28 horas.
– Muito menos que três dias.
– Ele acha mesmo que é *Deus*?
– Não estava nem de colete salva-vidas!
– Talvez tenha vindo de outro barco.
– Se houvesse outro barco, nós teríamos visto.

Finalmente, Nina se pronunciou. Nascida na Etiópia, ela era a cabeleireira do *Galáxia*. Com as maçãs do rosto proeminentes e os cachos escuros esvoaçantes, conservava certa elegância mesmo aqui, no meio do mar.

– Alguém já cogitou a explicação menos plausível? – perguntou ela.
– Que seria...? – disse Yannis.
– Que ele está dizendo a verdade. Que apareceu no momento em que mais precisamos.

Nós nos entreolhamos. Então Lambert soltou uma gargalhada profunda, desdenhosa.

– Ah, é! É assim que todos nós imaginamos Deus. Flutuando feito uma alga até ser puxado pra dentro do nosso bote. Fala sério. Você olhou bem pra ele? Esse cara parece mais um surfista que caiu da prancha.

Mudamos as pernas de posição. Ninguém falou muito depois disso. Olhei para a lua branca que pairava no céu, enorme. Será que alguém acreditava que aquilo era possível? Que o recém-chegado esquisito era mesmo o Senhor, em carne e osso?

Só posso responder por mim.

Não, não acredito.

Em terra

LeFleur levou o homem chamado Rom de carro até a costa norte da ilha. Ele tentou puxar assunto, mas Rom só dava respostas curtas e educadas: "Sim, delegado" e "Não, delegado". LeFleur olhou para o porta-luvas, onde guardava uma garrafinha de uísque.

– Você mora perto de St. John's? – insistiu LeFleur.

Rom concordou com a cabeça.

– Onde você dá uma relaxada?

Rom o encarou com uma expressão confusa.

– Onde passa seu tempo livre?

Nenhuma resposta. No caminho, passaram por um bar e por uma cafeteria/boate fechada, com as janelas de madeira turquesa parecendo frouxas nas dobradiças.

– Você surfa? Em Bransby Point? Trants Bay?

– Não gosto muito de água.

– Fala sério, cara – disse LeFleur, rindo. – Você mora numa ilha!

Rom só olhava para a frente. O delegado desistiu. Ele pegou outro cigarro. Pela janela aberta, admirou as montanhas.

Vinte e quatro anos antes, o vulcão de Monserrat, Soufrière Hills, havia entrado em erupção após anos de silêncio, cobrindo todo o sul da ilha de lama e cinzas. A capital foi destruída. A lava destruiu o aeroporto. De uma hora para outra, a economia da nação evaporou em fumaça escura. Dois terços dos moradores fugiram de Monserrat nos meses seguintes, a maioria para a Inglaterra, onde receberam vistos de emergência. Até hoje, a metade sul da ilha permanece inabitada, uma "zona de exclusão" coberta de cinzas, com vilarejos e cidades abandonadas.

LeFleur fitou o passageiro, que batucava na maçaneta da porta de um jeito irritante. Ele pensou em ligar para Patrice e pedir desculpas por aquela manhã, por sair de forma tão abrupta. Em vez disso, esticou o braço por cima do peito de Rom, murmurou um "Com licença" e abriu o porta-luvas, pegando a garrafinha de uísque.

– Quer um pouco? – perguntou ele.
– Não, obrigado, delegado.
– Você não bebe?
– Parei.
– Por quê?
– Eu bebia pra esquecer as coisas.
– E?
– Continuava me lembrando delas.

LeFleur fez uma pausa, então tomou um gole. Os dois seguiram em silêncio pelo resto do caminho.

No mar

Querida Annabelle,

O "Senhor" não nos salvou. Ele não operou nenhum milagre. Fez pouco e falou menos ainda. Pelo visto, será apenas outra boca para alimentar, outro corpo para ocupar espaço.

O vento e as ondas estão mais fortes hoje, então todos nos apertamos sob a lona em busca de proteção. Isso nos deixa muito próximos, joelho com joelho, cotovelo com cotovelo. Sentei-me com a Sra. Laghari de um lado e o estranho do outro. De vez em quando, eu esbarrava nele. Sua pele não parecia diferente da minha.

– Vamos lá, "Senhor", fala a verdade pra gente – disse Lambert, apontando para o novato. – Como entrou no meu barco?

– Eu nunca estive no seu barco – respondeu ele.

– Então como você caiu no mar? – perguntou Geri.

– Eu não caí.

– Estava fazendo o quê na água?

– Vindo ao encontro de vocês.

Nós nos olhamos.

– Deixa eu ver se entendi – disse Yannis. – Deus decidiu cair do céu, nadar até este bote e falar com a gente?

– Eu falo com vocês o tempo todo – declarou ele. – Vim aqui para escutar.

– Escutar o quê? – indaguei.

– Chega! – interrompeu Lambert. – Se você é tão sabichão, me conta o que aconteceu com o meu *maldito iate*!

O homem sorriu.

– Por que está com raiva do que aconteceu?

– Eu perdi o meu barco!

– Você está em outro.

– Não é a mesma coisa!

– Isso é verdade – concordou o desconhecido. – Este continua flutuando.

Yannis riu. Lambert o encarou com raiva.

– O que foi? – disse Yannis. – Achei engraçado.

A Sra. Laghari bufou, impaciente.

– Podemos parar com essa bobagem? Onde estão os aviões? Os que vêm nos resgatar? Se nos disser, começo a rezar pra você agora mesmo.

Esperamos por uma resposta. Mas o homem ficou apenas sentado na dele, sem camisa, sorrindo. O clima mudou. A Sra. Laghari havia nos lembrado de que, apesar da distração que aquele homem nos oferecia, continuávamos irremediavelmente perdidos.

– Ninguém vai rezar pra ele – resmungou Lambert.

Noticiário

REPÓRTER: *Aqui é Valerie Cortez, a bordo do iate* Galáxia, *do investidor bilionário Jason Lambert. Como podem ver, está chovendo, então estou abrigada aqui dentro. Mas a diversão segue firme e forte nesta quinta e última noite da Grandiosa Ideia.*

APRESENTADOR: *Quais foram os eventos de hoje, Valerie?*

REPÓRTER: *Hoje os passageiros participaram de grupos de discussão liderados por um ex-presidente americano, pelo criador do primeiro carro elétrico e pelos fundadores dos três maiores sites de busca da internet. Esta é a primeira vez que todos eles se reuniram no mesmo palco.*

APRESENTADOR: *Está tocando música aí?*

REPÓRTER: *Bem, Jim, acho que mencionei que o iate tem um heliponto. Tem gente chegando e partindo a semana toda. Hoje mais cedo, a famosa banda de rock Fashion X chegou pra se apresentar em um show. Estão tocando no salão de baile atrás de mim. Esta música é o grande sucesso deles, "Caindo".*

APRESENTADOR: *Nossa. Impressionante.*

REPÓRTER: *É mesmo. E, depois do show, teremos...*

(Um estrondo. A imagem sai de foco.)

APRESENTADOR: *Valerie, o que foi isso?*

REPÓRTER: *Não sei! Espera...*

(Outro estrondo. Ela cai.)

REPÓRTER: *Meu Deus...! Alguém sabe o que está...*

APRESENTADOR: *Valerie?*

REPÓRTER: *Alguma coisa acabou de bater...* (estática)... *parecia...* (estática)... *ver onde...*

(Outro estrondo, então a imagem desaparece.)

APRESENTADOR: *Valerie? Valerie, está me ouvindo...? Valerie...? Parece que perdemos a conexão. Houve um estrondo... vários, como vocês ouviram. Vamos tentar entrar em contato novamente. Valerie...? Você está aí...?*

Em terra

Quando o jipe chegou ao mirante, LeFleur desligou o motor. Ele havia solicitado às autoridades locais que a área fosse isolada e ficou aliviado ao ver a fita amarela na entrada da trilha.

– Muito bem – disse LeFleur para Rom. – Vamos ver o que você encontrou.

Os dois passaram por cima da fita e começaram a descer. Marguerita Bay era um trecho de colinas verdes rochosas que terminavam em paredões brancos íngremes, emoldurando a costa e a estreita praia de areia. Havia várias formas de chegar lá embaixo, mas não de carro. Era preciso andar.

Quando alcançaram o terreno plano e foram se aproximando do local da descoberta, Rom diminuiu o passo, deixando LeFleur avançar sozinho. Ele sentiu a areia cedendo sob seus sapatos. Mais alguns passos ao redor de uma pedra baixa e...

Lá estava: um grande bote salva-vidas laranja semi-inflado, sujo, secando ao sol do meio-dia.

LeFleur sentiu um calafrio. Destroços de uma embarcação – navios, barcos, botes, iates – significavam mais uma batalha perdida entre o homem e o mar. Havia histórias naqueles destroços. Histórias de fantasmas. LeFleur já tinha se deparado com uma quota suficiente delas em sua vida.

Ele se inclinou para examinar as extremidades do bote. Rasgões haviam esvaziado as câmaras de flutuação inferiores. *Tubarões podem ter feito isso.* A cobertura de lona havia se rasgado, deixando apenas pedaços esfarrapados nos pontos em que ela se prendia à estrutura. As palavras desbotadas "CAPACIDADE: 15 PESSOAS" estavam gravadas no tecido laranja. O assoalho era amplo, medindo talvez quatro por cinco metros. Areia e algas o recobriam agora. Caranguejinhos se moviam pela sujeira.

LeFleur acompanhou um caranguejo enquanto ele passava pelas palavras "PROPRIEDADE DO GALÁXIA" e se aproximava de algo que parecia ser um bolso lacrado na parte da frente. O delegado notou uma protuberância. Ele tocou o bote e afastou a mão.

Havia algo lá dentro.

LeFleur sentiu o coração acelerar. Ele sabia qual era o protocolo: *proprietários da embarcação devem ser notificados antes da análise de qualquer conteúdo de um bote salva-vidas.* Mas isso poderia levar muito tempo. E o dono não tinha morrido na explosão? Não tinha morrido todo mundo?

Ele olhou para Rom, que havia parado a uns 10 metros de distância e observava as nuvens. Dane-se, pensou LeFleur, seu domingo já tinha sido arruinado mesmo.

Ele abriu o bolso e puxou o conteúdo alguns centímetros para fora. Piscou duas vezes para se certificar de que estava enxergando direito. Ali, fechado em um saco plástico, estava o que restava de um caderno.

No mar

Já passa um pouco do meio-dia agora. É o nosso quarto dia neste bote. Nós testemunhamos algo muito estranho, Annabelle. Tem a ver com o recém-chegado, que alega ser o Senhor. Talvez eu estivesse errado. Pode ser que ele seja mais do que aparenta.

Mais cedo, Yannis estava encostado na borda do bote, cantando uma música grega. (Ele é da Grécia, acho que um embaixador, apesar de ser bem jovem.) Geri estudava suas cartas náuticas. A Sra. Laghari esfregava as têmporas, tentando aliviar as constantes dores de cabeça. Alice, a garotinha, estava sentada com os braços ao redor dos joelhos. Ela encarava o novato, como tem feito bastante desde a chegada dele.

De repente, ele se levantou e se aproximou de Jean Philippe, que rezava pela esposa, Bernadette. Os dois são haitianos. Boas pessoas. Animados. Eu os conheci na primeira manhã em Cabo Verde, quando a equipe embarcou no *Galáxia* para receber os passageiros. Eles me disseram que trabalhavam na cozinha de navios grandes havia anos.

– Nossa comida é boa demais, Benji! – afirmara Bernadette, batendo na barriga com orgulho.

– Por que vocês saíram do Haiti? – perguntara eu.

– Ah, a vida lá é difícil, Benji, é difícil – dissera ela.

– E você? – indagara Jean Phillipe. – De onde você veio?
– Da Irlanda, depois dos Estados Unidos – eu havia respondido.
– Por que foi embora? – quisera saber Bernadette.
– Ah, a vida lá é difícil, Bernadette, é difícil.

Todos rimos. Bernadette vivia rindo. Seus olhos faziam você se sentir acolhido, e ela assentia feito uma daquelas bonecas que balançam a cabeça sempre que você dizia algo com que ela concordava. "Ah, *chéri*!", exclamava ela. "Isso é verdade!" Mas, agora, ela não esboçava qualquer reação. Seus ferimentos durante a fuga do iate na noite de sexta foram graves. Jean Philippe contou que ela caiu no convés enquanto o iate se inclinava e uma mesa grande acertou sua cabeça e seus ombros. Nas últimas 24 horas, ela vem oscilando entre acordar e perder a consciência.

Se estivéssemos em terra firme, ela com certeza estaria internada em um hospital. Aqui, à deriva, fica claro como não damos valor aos recursos que temos.

O último homem a chegar se inclinou sobre Bernadette. Jean Philippe observou com olhos arregalados.

– Você é mesmo o Senhor?
– Você acredita que sou?
– Prova que é. Me dá uma chance de falar com a minha esposa de novo.

Olhei para Yannis, que ergueu as sobrancelhas. Como confiamos rápido em alguém quando a vida de uma pessoa amada é ameaçada. Tudo que sabíamos sobre o desconhecido era sua alegação absurda e que ele tinha devorado um pacote de biscoitos recheados.

Então vi a pequena Alice segurar a mão de Jean Philippe. O desconhecido se virou para Bernadette e tocou o ombro e a testa dela.

De repente, os olhos dela se abriram.

– Bernadette? – sussurrou Jean Philippe.
– *Chéri?* – sussurrou ela de volta.

— Você conseguiu — disse Jean Philippe para o Senhor, sua voz ganhando um tom reverente. — Você a trouxe de volta. Obrigado, Bondyé! Bernadette! Meu amor!

Eu nunca tinha visto nada como aquilo, Annabelle. Em um instante, ela estava inconsciente, e, no outro, tinha acordado e falava. Os outros começaram a se agitar e perceber o que acontecia. Geri deu água para Bernadette. Nina a abraçou com força. Até a rígida Sra. Laghari parecia feliz, apesar de murmurar:

— Alguém precisa explicar como isso aconteceu.

— O Senhor fez isso — disse Nina.

O homem sorriu. A Sra. Laghari, não.

Após um tempo, deixamos Bernadette e Jean Philippe a sós e fomos para os fundos do bote. O desconhecido nos seguiu. Analisei seu rosto. Se aquilo era um milagre, ele parecia não dar importância.

— O que você fez com ela? — perguntei.

— Jean Philippe queria falar com a esposa de novo. Agora, ele pode fazer isso.

— Mas ela estava quase morta.

— A distância entre a morte e a vida não é tão grande quanto se imagina.

— É sério? — Yannis se virou para ele. — Então por que as pessoas não voltam para a Terra depois que morrem?

O desconhecido sorriu.

— Por que elas iriam querer fazer isso?

Yannis soltou uma risada irônica.

— Certo. — Então acrescentou: — Mas você curou a Bernadette? Ela vai ficar bem?

O homem olhou para o nada.

— Ela não está curada. Mas vai ficar bem.

DOIS

No mar

~~~~~~~~~~~~~~~~~~~~~~~~

Meu relógio marca 1 da manhã. Nossa quinta noite perdidos. Há tantas estrelas que nem consigo distinguir onde algumas começam e outras terminam, como se um barril de sal brilhante tivesse explodido no céu.

Por enquanto, me concentro em uma única estrela que brilha tão forte que parece um sinal. *Estamos vendo vocês. Acenem. Façam alguma coisa e iremos buscá-los.* Quem dera. Permanecemos à deriva, com esse cenário magnífico ao nosso redor. Sempre foi um mistério para mim, Annabelle, como a beleza e a angústia podem ocupar o mesmo momento.

Eu queria estar em uma praia observando essas estrelas ao seu lado, em terra firme e a salvo. Fico pensando na noite em que nos conhecemos. Lembra? No Quatro de Julho? Eu varria o chão de um pavilhão do parque municipal. Você chegou com uma blusa laranja e uma calça branca, o cabelo preso em um rabo de cavalo, e me perguntou onde seria o show de fogos de artifício.

– Que show? – perguntei.

E, naquele instante, os primeiros fogos estouraram no céu (uma explosão de vermelho e branco, lembro muito bem), e nós dois rimos como se você os tivesse convocado com sua pergunta. Havia duas cadeiras no pavilhão, então eu as posicionei lado a lado, e nós passamos a próxima hora assistindo às luzes, como um casal de idosos na varanda de casa. Só nos apresentamos depois que tudo terminou.

Eu me lembro daquela hora como se pudesse entrar nela e tocar seus detalhes. A curiosidade da atração, os olhares de relance, a voz na minha cabeça que perguntava: *Quem é esta mulher? Como ela é? Por que confia tanto em mim?* As possibilidades trazidas por outra pessoa! Existe na Terra expectativa melhor do que essa? Existe algo mais solitário do que perdê-la?

Você era culta, bem-sucedida, delicada e linda, e confesso que, desde a primeira vez que a vi, senti que não merecia o seu amor. Eu não terminei o ensino médio. Tinha poucas opções de carreira. Minhas roupas eram feias e velhas. Meu corpo ossudo e meu cabelo bagunçado não eram nada atraentes. Mas eu amei você à primeira vista, e, surpreendentemente, com o tempo, você retribuiu o meu amor. Foi a época em que fui mais feliz, e acho que nunca encontrarei a mesma felicidade. Mesmo assim, sempre senti que a decepcionaria em algum momento no futuro. Passei quatro anos convivendo com esse medo silencioso, Annabelle, até o dia em que você me deixou. Faz quase dez meses agora, e sei que não tem sentido escrever para você. Mas é algo que me sustenta nessas noites perdidas. Uma vez você disse: "Todos nós precisamos nos agarrar a alguma coisa, Benji." Permita que eu me agarre a você, àquela primeira hora ao seu lado, nós dois assistindo ao céu colorido. Deixe que eu termine minha história. E então vou me libertar de você e deste mundo.

Quatro da manhã. Os outros dormem em posições contorcidas sob a lona. Alguns roncam produzindo sons gorgolejantes; outros, como Lambert, são ruidosos feito uma serra elétrica. Fico surpreso por ele não acordar o barco inteiro. Ou o bote. Geri fica me lembrando de chamá-lo de bote. Barco. Bote. Que diferença faz?

Luto desesperadamente contra o sono. Estou exausto demais, porém, quando durmo, sonho com o naufrágio do *Galáxia* e sou lançado de volta àquela água fria e escura.

Não sei o que aconteceu, Annabelle. Juro que não sei. O impacto foi tão repentino que não consigo nem determinar quando fui jogado no mar. Chovia. Eu estava sozinho no convés inferior, com os braços apoiados na amurada, a cabeça baixa. Ouvi um estrondo e, quando dei por mim, estava voando em direção ao mar.

Eu lembro do impacto que espirrou água por todos os lados, do repentino silêncio borbulhante sob a superfície, do barulho ensurdecedor quando voltei à tona, com o frio e o caos tomando conta de tudo enquanto meu cérebro começava a processar a situação e então gritava comigo: *Mas o que é isso? Você está no mar!*

A água estava agitada, a chuva batia com força na minha cabeça. Quando consegui me orientar, o *Galáxia* estava a uns 50 metros de distância. Vi a fumaça escura começando a subir. Falei para mim mesmo que conseguiria nadar de volta até ele, e parte de mim queria muito fazer isso, porque, mesmo arruinado, ele era algo sólido no meio do oceano deserto. O convés permanecia iluminado, me chamando. Mas eu sabia que o iate estava condenado. Ele começou a se inclinar, como se se deitasse para o derradeiro descanso.

Tentei ver se algum bote salva-vidas estava sendo liberado ou se as pessoas pulavam na água, mas a agitação das ondas dificultava minha visão. Tentei nadar, mas para onde eu iria? Recordo de objetos passarem boiando por mim, coisas que tinham sido arremessadas do *Galáxia* assim como eu: um sofá, uma caixa de papelão, até um boné. Arfando, enxuguei a chuva dos meus olhos e vi uma mala verde-limão boiando a alguns metros de distância.

Era uma daquelas malas rígidas, que aparentemente não afundam, então me agarrei a ela. E testemunhei os últimos instantes do *Galáxia*. Vi os conveses se apagarem. Vi lâmpadas verdes sinistras iluminarem o casco. Observei enquanto ele submergia lentamente, até sumir de vista e uma onda rápida passar por cima de tudo, cobrindo seus últimos vestígios.

Comecei a chorar.

Não sei quanto tempo fiquei na água daquele jeito, chorando feito um garotinho, por mim, pelas outras pessoas, até pelo *Galáxia*, pelo qual senti uma compaixão estranha. Mas repito, Annabelle, não tive qualquer participação no naufrágio daquele iate. Sei o que Dobby queria, e as coisas que posso, sem querer, tê-lo ajudado a planejar. Mas fui arremessado no mar com apenas as roupas que vestia, jogado de um lado para outro nas águas frias por sabe-se lá quanto tempo. Se eu não tivesse encontrado aquela mala, teria morrido.

Comecei a ouvir a voz dos outros passageiros na água. Alguns eram gritos. Outros eram tão audíveis que era possível distinguir as palavras – *Socorro!* ou *Por favor!* –, mas então, de repente, os sons desapareciam. O oceano prega peças com a nossa audição, Annabelle, e suas correntezas são tão fortes que uma pessoa pode estar a apenas alguns metros de distância em um momento e desaparecer para sempre no próximo.

Minhas pernas estavam pesadas. Eu precisava me esforçar para continuar me mexendo. Sabia que, se sentisse uma câimbra, não conseguiria nadar, e, se eu não conseguisse nadar, afundaria e morreria. Fiquei agarrado àquela mala como uma criança assustada que segura a barra da saia da mãe. Eu tremia de frio, e meus olhos estavam prestes a se fecharem para sempre quando vi um bote salva-vidas laranja, aparecendo e desaparecendo no meio das ondas. Uma pessoa a bordo acenava com uma lanterna.

Tentei gritar por socorro, mas tinha engolido tanta água salgada que minha garganta queimada era incapaz de emitir qualquer som. Nadei na direção do bote, incapaz de me mover rápido o suficiente enquanto segurava a mala. Precisava soltá-la. Eu não queria. Por mais estranho que pareça, eu tinha desenvolvido certo carinho por ela.

Mas então a lanterna brilhou de novo, e desta vez ouvi uma voz gritar:

– Aqui! Deste lado!

Larguei a mala e comecei a nadar, mantendo a cabeça acima da superfície, para não perder a luz de vista. Uma muralha de água se elevou e quebrou sobre mim. Meu corpo girou loucamente e perdi todo senso de direção. *Não!*, gritei para mim mesmo. *Não quando estou tão perto!* Voltei à tona no momento em que outra onda me acertou. Novamente, me retorci feito um peixe em um anzol. Quando voltei à superfície, arfei em busca de ar, minha garganta ardendo. Girei a cabeça para a esquerda e para a direita – nada. Então me virei para trás.

O bote estava bem atrás de mim.

Agarrei a corda de segurança na lateral. A pessoa que acenava a lanterna havia desaparecido. Imagino que tenha sido derrubada pelas ondas. Tentei ver se achava algum corpo na água, mas outra onda começou a tomar forma, então agarrei a corda com as mãos e fui instantaneamente arremessado de novo. Não sabia mais o que ficava para cima ou para baixo. Segurei a corda com tanta força que minhas unhas cortaram minha pele. Mas, quando voltei à tona, eu ainda a agarrava.

Fui percorrendo a lateral do bote até encontrar uma alça para embarcar. Tentei me erguer três vezes. Estava tão fraco que falhei em todas as tentativas. De repente, vi outra onda grande se formar e concluí que não conseguiria permanecer agarrado à corda. Então berrei na escuridão, um som que veio do fundo da garganta. E, com todas as forças que me restavam, me ergui por cima da lateral e caí sobre o assoalho preto de borracha, arfando feito um cão raivoso.

Noticiário

APRESENTADOR: As imagens exibidas na tela agora são do oceano Atlântico, na região onde o iate de luxo Galáxia teria naufragado na noite de sexta, a cerca de 80 quilômetros da costa de Cabo Verde. Nosso correspondente Tyler Brewer tem mais notícias.

REPÓRTER: Equipes de busca e resgate sobrevoam o Atlântico, esquadrinhando quilômetros e quilômetros de mar aberto, em busca de qualquer pista sobre o paradeiro do Galáxia, um iate de 200 milhões de dólares, propriedade do bilionário Jason Lambert. A embarcação enviou um pedido de socorro às 23h20 da noite de sexta-feira, relatando um incidente não especificado. Acredita-se que tenha afundado pouco depois.

APRESENTADOR: E há chance de encontrarem sobreviventes, Tyler?

REPÓRTER: As informações não são promissoras. Quando as equipes de resgate chegaram ao local, o Galáxia havia desaparecido completamente. O mau tempo e as fortes correntes podem ter carregado os destroços... e até os corpos das vítimas... para quilômetros de distância do local original.

APRESENTADOR: *Já se descobriu alguma coisa sobre o que teria provocado o acidente?*

REPÓRTER: *As equipes de resgate avistaram partes do casco do iate. Fomos informados de que o* Galáxia *era feito de uma fibra de vidro muito leve, que lhe permitia alcançar uma velocidade maior do que iates parecidos. Infelizmente, isso também o deixava mais vulnerável a impactos. Uma investigação está em andamento.*

APRESENTADOR: *Uma investigação sobre o quê, exatamente?*

REPÓRTER: *Sobre a possibilidade de o naufrágio ter sido criminoso. Muitas coisas podem acontecer a um iate no mar. Mas um evento como este não acontece com frequência.*

APRESENTADOR: *Bem, por enquanto, nossos pensamentos e orações se dirigem às famílias dos passageiros desaparecidos, incluindo a nossa correspondente Valerie Cortez e o nosso cinegrafista Hector Johnson, que faziam uma transmissão ao vivo do* Galáxia *no momento da tragédia.*

REPÓRTER: *Sim. Tenho certeza de que muitos familiares ainda têm esperança de que os passageiros sejam encontrados com vida. Mas o mar é muito frio nessa região e as chances diminuem a cada hora que passa.*

No mar

Sexto dia. Outro evento estranho para relatar. Hoje de manhã, o céu ficou coberto de nuvens escuras e uma ventania começou a bater no bote, fazendo um barulho tão alto que parecia uma turbina. O mar é ensurdecedor nessas horas, Annabelle. Você precisa gritar para ser ouvido, mesmo a poucos metros de distância do outro. A água salgada espirra no seu rosto e faz seus olhos arderem.

Nosso bote se erguia e caía, batendo com força na água a cada queda. Era como montar um cavalo de rodeio. Agarramos as cordas para não sermos arremessados para fora.

Em certo momento, a pequena Alice se soltou e caiu no chão do bote. Nina se lançou sobre ela e a segurou com os braços enquanto uma onda nos ensopava. Ela lutou para voltar à segurança com Alice e começou a lamentar:

– Faz parar...! Faz parar!

Vi Alice esticar um braço para o Senhor, que estava agachado do outro lado do bote, sem se deixar abalar por nada daquilo.

O homem cobriu o nariz e a boca com as mãos, fechou os olhos. De repente, o vento parou. O ar ficou imóvel. Todos os sons desapareceram. Foi como naquele poema de T. S. Eliot, "o ponto de quietude do mundo em movimento", como se o planeta inteiro prendesse a respiração.

– O que foi que aconteceu? – perguntou Nevin.

Todos olhamos ao redor. O bote agora parecia estabilizado. O desconhecido fez um rápido contato visual, mas então se virou para o mar. A pequena Alice abraçou o pescoço de Nina, que a acalmou, sussurrando:

– Está tudo bem... Estamos seguras.

Estava tão silencioso que conseguíamos ouvir cada palavra.

Momentos depois, o bote começou a balançar de leve e o mar formou pequenas ondas inofensivas. Uma leve brisa soprou e os sons normais do oceano retornaram. Mas não havia nada normal naquele momento, meu amor. Nada mesmo.

– Os tubarões continuam seguindo a gente? – perguntou Nina conforme o sol descia no horizonte.

Yannis olhou para a lateral do bote.

– Não estou vendo nenhum.

Tínhamos visto os tubarões no nosso segundo dia à deriva. Geri diz que eles são atraídos pelos peixes, que são atraídos para o fundo do bote.

– Eles estavam aqui há uma hora – disse Nevin. – Acho que vi uma barbatana...

– Não entendo isso! – exclamou a Sra. Laghari. – Onde estão os *aviões*? Jason disse que procurariam por nós. Por que ainda não vimos sequer um avião?

Algumas pessoas olharam para baixo e balançaram a cabeça. A Sra. Laghari voltava a essa questão todos os dias. *Onde estão os aviões?* Quando puxamos Lambert para o bote, ele insistiu que sua equipe teria enviado sinais de socorro. O resgate viria logo. Então ficamos esperando pelos aviões. Esquadrinhávamos o céu. Naquela altura, ainda sentíamos que éramos passageiros de Lambert. Isso mudou. A cada pôr do sol, nossa esperança diminui, e não nos sentimos mais passageiros de nada. Somos almas à deriva.

Fico me perguntando se esta é a sensação de morrer. No começo, você está tão preso ao mundo que não consegue cogitar a ideia de partir. Com o tempo, aceita ser levado pela maré. O que acontece depois disso, eu não sei dizer.

Alguns diriam que você encontra o Senhor.

Juro que pensei sobre isso muitas vezes, levando em consideração o estranho em nosso bote salva-vidas. Eu o chamo de estranho, Annabelle, porque, se ele realmente fosse um ser divino, deveria ser o completo oposto de mim. Quando somos crianças, aprendemos que viemos de Deus, que somos criados à Sua imagem, mas o que há de divino nas coisas que fazemos quando crescemos, na maneira como nos comportamos? E as coisas terríveis que sofremos? Como um ser supremo permite isso?

Não. A palavra certa é *desconhecido*, e é isso que Deus tem sido para mim. Quanto à identidade verdadeira do homem, bem, o grupo permanece dividido. Mais cedo, quando estávamos sentados na parte de trás do bote, perguntei a opinião de Jean Philippe:

– Acha que estamos prestes a morrer?

– Não, Benji. Acho que o Senhor veio nos salvar.

– Mas olha só pra ele. Ele é tão... comum.

Jean Philippe sorriu.

– Como você imaginava que o Senhor seria? A gente não vive se perguntando se, caso pudéssemos ver Deus, saberíamos que Ele é real? E se Ele finalmente nos deu uma chance de vê-Lo? Isso não bastaria?

Não, eu diria que não. Sei que tivemos aquele momento bizarro hoje. E o pequeno milagre da recuperação de Bernadette. Mas, como qualquer milagre que permanece por tempo demais nas mãos do homem, explicações mais terrenas vão surgindo.

Nesta manhã, quando estávamos debatendo o assunto, Lambert disse que aquilo tinha sido pura coincidência.

– Ela já devia estar recuperando a consciência – afirmou.

– Ou ele deu um jeito para que ela acordasse – sugeriu Nevin.

O desconhecido saiu de baixo da lona, e a Sra. Laghari o encarou como se tivesse entendido tudo.

– Foi isso que você fez com a Bernadette? – indagou ela. – Um truque?

Ele inclinou a cabeça.

– Não foi um truque.

– Tenho minhas dúvidas.

– Estou acostumado com dúvidas.

– Isso não te incomoda? – perguntou Nina.

– Muitos daqueles que me encontram começam hesitantes.

– Ou não te encontram nunca – interveio Yannis – e preferem acreditar na ciência.

– Ciência... – disse o desconhecido, olhando para o céu. – Sim. Com a ciência, vocês explicaram o céu. Explicaram as estrelas que coloco no firmamento. Explicaram todas as criaturas, grandes e pequenas, com que povoei a Terra. Explicaram até a maior das minhas criações.

– Qual seria ela? – perguntei.

– Vocês. – Ele passou a mão pela superfície do bote. – A ciência rastreou sua existência até formas de vida primitivas, e até formas primitivas antes delas. Mas ela nunca será capaz de responder à pergunta final.

– Que pergunta é essa?

– Onde tudo começou? – Ele sorriu. – Essa resposta só pode ser encontrada em mim.

Lambert abafou uma risada.

– Tudo bem, tudo bem. Se você é tão maravilhoso assim, tira a gente dessa enrascada. Faz um navio de cruzeiro aparecer. Toma uma atitude, em vez de ficar só falando. Que tal salvar a gente de verdade?

– Eu já expliquei o que vocês precisam fazer para que isso aconteça – declarou o homem.

– Sei, sei, todos nós temos que acreditar em você ao mesmo tempo – retrucou Lambert. – Pode esperar sentado.

A conversa minguou. O homem certamente é um enigma, Annabelle, uma fonte de confusão, às vezes até de frustração. Mas, no final das contas, ele não é a resposta. Nós não temos uma resposta. Quando a Sra. Laghari pergunta "Onde estão os aviões?", sei o que muitos de nós pensam. Se os aviões fossem aparecer, já teriam vindo.

Tento permanecer otimista, meu amor. Penso em você, penso em casa, penso em uma refeição, em uma cerveja e em tirar uma longa e boa soneca. Pequenas coisas. Tento permanecer ativo no bote, indo de um lado para outro, alongando os músculos tanto quanto possível, mas o sol incessante suga minhas forças. Eu nunca tinha percebido como as sombras são preciosas. Estou vermelho como nunca estive na vida, e minha pele está coberta de pequenas bolhas. Geri foi esperta e antes de escapar do *Galáxia* pegou uma mochila que continha uma bisnaga de creme de babosa, mas não é o suficiente para todos nós.

Compartilhamos pequenos bocados, passando só nas piores áreas. Nossa única escapatória é nos escondermos embaixo da cobertura de lona. Mas fica abafado com todo mundo lá dentro e não dá para sentar direito. A mochila de Geri também continha um ventiladorzinho portátil, e nós o passamos de mão em mão, criando uma brisa em miniatura. Mas o desligamos rápido, para economizar a pilha.

Água fresca continua sendo nosso bem mais precioso. Tudo que temos vem da "bolsa de emergência" do bote, que também abriga vários itens de sobrevivência: um baldinho para remover a água do mar acumulada no bote, linha de pesca, remos, um sinalizador, coisas assim.

A água potável, armazenada em latinhas, é o mais importante, e já está quase no fim. Duas vezes por dia, dividimos quantidades iguais em uma caneca de aço inoxidável. Tomamos um gole e a passamos adiante.

Geri faz questão de enchê-la até a boca para a pequena Alice. Hoje à noite, depois do incidente bizarro com o vento, a menina tomou sua porção e foi engatinhando pelo assoalho até o Senhor.

– O que aquela garota esquisita está fazendo? – perguntou Lambert.

Alice ofereceu a caneca para o desconhecido, e ele tomou a água toda em um único gole. Então a devolveu, agradecendo com um aceno de cabeça. O que devemos pensar dele, Annabelle? Deixando de lado as coisas misteriosas que aconteceram desde a sua chegada, Deus realmente beberia a água de uma criança com sede?

Em terra

O coração de LeFleur batia disparado. De costas para Rom, ele retirou um saco plástico de dentro do pequeno bolso e, de dentro dele, um caderno. A capa estava rasgada ao meio na frente, ao passo que a parte de trás se desfazia por causa da água salgada que havia vazado para o interior. Seria aquilo um livro de registros? Ou um diário que explicava o que aconteceu com o *Galáxia*? De toda forma, LeFleur pensou, ele podia estar em posse de algo com importância internacional.

E ninguém sabia que aquilo existia.

O protocolo correto seria colocar o saco de volta ao lugar imediatamente e notificar autoridades superiores. Passar aquilo adiante. Sair do caminho. LeFleur sabia disso.

Mas ele também sabia que, no instante em que ligasse para os chefes, seria excluído do processo. E algo naquele bote o fascinava. Sem dúvida era o evento mais impressionante que já tinha acontecido no seu trabalho. Era raro haver algum crime em Monserrat. LeFleur passava a maioria dos dias lutando contra o tédio, tentando não pensar em como sua vida havia descarrilhado nos últimos quatro anos, em como seu casamento havia mudado, em como tudo havia mudado.

Ele piscou com força. Era domingo. O chefe estava de folga.

Ninguém sabia que ele se encontrava ali. Poderia dar uma olhadinha no caderno, colocá-lo de volta, e ninguém ficaria sabendo.

LeFleur olhou para Rom, que estava virado para o outro lado, analisando os penhascos, então enfiou o saco sob o cós da calça e a cobriu com a camisa. Ficou de pé e seguiu pela praia, gritando por cima do ombro:

– Fica aí, Rom! Vou ver se acho mais destroços.

Rom concordou com a cabeça.

Alguns minutos depois, LeFleur estava sozinho em uma enseada. Ele se agachou, apoiando o peso nos joelhos, e tirou o saco plástico da cintura. Então o abriu devagar, mesmo que uma voz racional na sua cabeça dissesse: *Você não devia fazer isso.*

Noticiário

APRESENTADOR: *Hoje está sendo realizado o funeral do investidor bilionário James Lambert, que desapareceu com mais de 40 pessoas quando seu iate de luxo, o Galáxia, naufragou no Atlântico mês passado. Tyler Brewer está no local da cerimônia e traz mais informações.*

REPÓRTER: *Isso mesmo, Jim. Após 26 dias de buscas e tentativas exaustivas de resgate, a guarda costeira dos Estados Unidos declarou oficialmente que o Galáxia foi perdido no mar. Acredita-se que o iate tenha sido destruído após algum tipo de explosão ou impacto. As causas permanecem desconhecidas.*

APRESENTADOR: *Tyler, a lista dos passageiros desaparecidos é extraordinária, não é? Um ex-presidente, líderes mundiais, magnatas de diversos setores, artistas famosos.*

REPÓRTER: *Exatamente. Talvez por causa disso governos estrangeiros estejam exigindo que a causa da tragédia seja investigada, a fim de afastar motivações políticas ou financeiras.*

APRESENTADOR: *Mas, primeiro, imagino que a prioridade seja* a tradição solene dos funerais, que serão ainda mais dolorosos na ausência dos corpos.

REPÓRTER: *Sim. Aqui, no funeral de Jason Lambert, não haverá um caixão nem qualquer tipo de enterro. Ele será lembrado por amigos e parentes, que incluem três ex-mulheres e cinco filhos. Fomos informados de que nenhum deles fará discursos, apenas seu sócio de longa data, Bruce Morris.*

Jason Lambert era uma figura controversa, um homem muito rico que parecia gostar de exibir sua fortuna para o mundo. Ele foi criado em Maryland, era filho de um farmacêutico, e começou a carreira como vendedor de aspiradores de pó. Depois de três anos, estava comandando a empresa. Ele logo a vendeu para comprar outras, e, depois, concluiu um mestrado em finanças, abrindo seu fundo mútuo Sextant Capital, agora famoso, que se tornou o terceiro maior do mundo. Dentre outras propriedades, ele era dono de um estúdio de cinema, uma companhia aérea, um time de beisebol profissional e um time de rúgbi australiano. Lambert também era um ávido jogador de golfe.

A Grandiosa Ideia foi sua última criação. Muitos acreditavam que ela era visionária, outros a criticavam, julgando-a uma reunião fútil de ricos e poderosos. Obviamente ninguém sabia os rumos obscuros que a viagem poderia tomar. Jason Lambert foi dado como morto aos 64 anos.

APRESENTADOR: *Também devemos acrescentar que, além dos nomes famosos perdidos no mar, havia trabalhadores naquele barco, como a tripulação, a equipe de bordo e outros profissionais, imagino.*

REPÓRTER: *Sim. Eles também devem ser lembrados.*

No mar
~~~~~~~~~~~~~~~~~~~

Bernadette se foi, Annabelle! Ela se foi! Eu preciso me acalmar. Preciso manter o controle. Vou escrever exatamente o que aconteceu. Alguém precisa saber!

Ontem contei a você como o homem que chamamos de "Senhor" simplesmente tocou no corpo de Bernadette e ela abriu os olhos. Todos a vimos sorrir e falar com Jean Philippe. Ele estava tão feliz! Ficava repetindo: "É um milagre! O Senhor operou um milagre!" Contei isso, não contei? Desculpe. Estou tão abalado que não me lembro direito das coisas.

À noite meu sono foi agitado, com o bote balançando muito. Devo ter apagado por umas quatro horas, talvez. Sonhei que estava em uma churrascaria. O cheiro era tão real, tão forte... Mas a comida nunca chegava, por mais que eu esticasse o pescoço para olhar para a cozinha. E aí, de repente, ouvi um cliente berrar.

Acordei com o som do choro de Jean Philippe.

Eu me virei e o vi de cabeça baixa, com os braços pendendo ao lado do corpo. O "Senhor" estava com uma das mãos sobre seu ombro. O espaço entre os dois, onde Bernadette ficava descansando, estava vazio.

– Jean Philippe – chamei, a voz ainda rouca. – Cadê a sua esposa?

Nenhuma resposta. Nevin estava acordado, cuidando da perna machucada. Quando encontrei seu olhar, ele apenas balançou a cabeça. A Sra. Laghari também estava acordada, mas não tirava os olhos do mar escuro.

– Cadê a Bernadette? – repeti, me levantando. – Aconteceu alguma coisa? Aonde ela foi?

– Não *sabemos* – finalmente respondeu Nevin. Ele apontou para Jean Philippe e o Senhor. – Eles não falam.

TRÊS

Em terra

Apoiando o corpo em uma pedra grande, LeFleur pegou o caderno e o examinou com atenção. As páginas estavam grudadas, provavelmente por causa do sal, e ele percebeu que aquele seria um processo delicado. Mas havia algo escrito ali. Na sua língua. Suas mãos tremiam. Ele ergueu o olhar para as ondas que quebravam na praia e refletiu sobre o que fazer.

Durante boa parte da vida, LeFleur havia sido obediente. Ele fora um bom aluno, recebera medalhas na sua época de escoteiro, tirara boas notas nas provas para se tornar policial. Tinha até cogitado trocar Monserrat pela Inglaterra para fazer um treinamento na polícia de lá. Alto, ele tinha uma estatura adequada para a força policial, além de ombros largos e um bigode grosso que escondia seu sorriso e o fazia parecer muito sério.

Mas, então, ele conheceu Patrice. Foi numa festa de ano-novo, 14 anos antes, parte do festival anual de Monserrat, que incluía desfiles, artistas fantasiados e uma competição para eleger o rei das festividades. Eles dançaram. Beberam. Dançaram um pouco mais. Beijaram-se à meia-noite e começaram o novo ano apaixonados. Nos meses seguintes, se viram todos os dias, e logo não restava dúvida de que se casariam.

Foi o que fizeram no verão seguinte. Compraram uma casinha, que pintaram de amarelo, e uma cama de dossel, onde passaram muitas horas. LeFleur sorria só de observar Patrice saindo da cama, e sorria ainda mais quando a via voltar. Esquece a Inglaterra, pensou ele. Não iria a lugar algum.

Alguns anos depois, ele e Patrice tiveram uma filha, Lilly, e a paparicaram do jeito que os pais de primeira viagem fazem, tirando fotos de tudo que ela fazia, ensinando cantigas de ninar, carregando-a nos ombros nas idas ao mercado. LeFleur pintou o segundo quarto da casa de rosa-claro e acrescentou dezenas de estrelinhas cor-de-rosa no teto. Sob essas estrelas, ele e Patrice colocavam Lilly para dormir todas as noites. LeFleur se sentia tão bem naquela época que se perguntava se merecia tanto, como se alguém tivesse lhe dado por engano uma dose dupla de felicidade.

Então Lilly morreu.

Ela só tinha 4 anos. A menina passava uns dias com a mãe de Patrice, Doris, e elas tinham ido à praia de manhã. Doris, que sofria de problemas cardíacos, havia tomado um novo remédio no café, sem se dar conta de que ele lhe daria sono. Em uma cadeira de praia, sob o sol quente, ela dormiu. Quando abriu os olhos, viu a neta de bruços na arrebentação, imóvel.

Lilly foi enterrada uma semana depois. LeFleur e Patrice viveram entorpecidos desde então. Eles pararam de sair. Dormiam mal. Arrastavam-se ao longo do dia e desabavam em seus travesseiros à noite. A comida perdeu todo o gosto. As conversas minguaram. O torpor os dominava, e eles passavam longos períodos olhando para o nada, até que um dizia "O quê?", e o outro respondia "O quê?", e o primeiro falava "Eu não disse nada".

Quatro anos se passaram. Com o tempo, para os vizinhos e amigos, parecia que o casal havia se recomposto. Na verdade, eles se tornaram sua própria Monserrat particular, destruída, existindo em meio às cinzas. LeFleur fechou a porta do quarto de

Lilly. Nunca mais entrou lá. Foi se retraindo, e, sempre que Patrice queria conversar sobre o que tinha acontecido, ele se negava.

Patrice encontrou consolo na fé. Ia à igreja com frequência. Rezava todos os dias. Dizia que Lilly "estava com Deus" e concordava com a cabeça, chorosa, quando os amigos diziam que Lilly tinha ido para um lugar melhor, livre das preocupações.

LeFleur não aceitava isso. Ele renegava Deus, Jesus, o Espírito Santo, tudo que tinha aprendido na igreja quando era garoto. Um Deus misericordioso não levaria sua filha embora daquele jeito. Nenhum Paraíso precisaria da sua filha tanto assim, a ponto de ela morrer afogada aos 4 anos. A fé é uma idiotice, pensava. O mundo de LeFleur se tornou sombrio e irracional. Ele bebia mais. Fumava mais. Poucas coisas lhe importavam. Até mesmo a casa amarela e a cama de dossel perderam a graça. O poder da tristeza está na enorme sombra que ela lança, encobrindo tudo que está à vista.

Mas aquele bote salva-vidas laranja e o caderno escondido trouxeram um sopro de ar fresco em meio àquele sofrimento. Ele não entendia por quê. Talvez fosse a ideia de que alguma coisa – mesmo algumas páginas de alguma coisa – havia enfrentado uma tragédia e atravessado um oceano para ir até ele. Havia *sobrevivido*. E, às vezes, testemunhar a sobrevivência de algo nos faz acreditar que a nossa é possível.

Com cuidado, ele separou a capa da primeira página. Viu uma caligrafia densa. No verso da capa, havia uma mensagem escrita em tinta azul.

Para quem encontrar isto:
Não sobrou ninguém. Perdoe-me pelos meus pecados.
Eu te amo, Annabelle DeChapl...

O restante havia se rasgado.

No mar
~~~~~~~~~~~~~~~~~~~~~~~~~~~~~~~~

É nosso oitavo dia no bote, Annabelle. Minha boca e meus ombros estão cobertos de bolhas, e meu rosto coça com a barba que cresce. Passo o tempo todo obcecado com comida. Só penso nisso. Já sinto minha pele mais esticada sobre os ossos. Sem comida, o corpo queima a gordura, depois os músculos. Com o tempo, o cérebro será afetado.

Às vezes meus pés formigam. Acredito que seja porque fico muito tempo parado e porque nos sentamos muito encolhidos para todos terem espaço. Mudamos de lugar para manter o bote em equilíbrio. De vez em quando, para esticarmos as pernas, nós as colocamos umas por cima das outras, como num jogo de pega-varetas. O fundo do bote está sempre molhado, o que significa que nossas bundas sempre estão úmidas, causando novas bolhas e feridas. Geri diz que precisamos ficar de pé e andar com frequência, ou corremos o risco de ter mais escaras e hemorroidas. Mas não podemos nos levantar todos ao mesmo tempo sem virar o bote, então nos revezamos; uma pessoa caminha ajoelhada, depois outra, depois outra, como o intervalo para tomar sol no pátio da prisão. Geri também nos lembra de continuarmos falando, conversando, para exercitar o cérebro. É difícil. Faz muito calor durante boa parte do dia.

Geri era passageira do *Galáxia*, mas, no bote, é nossa força estabilizadora. Ela velejava quando era mais nova e veio da Califórnia, onde passava muito tempo no mar. Inicialmente, os outros procuravam a mim ou a Jean Philippe em busca de respostas, já que trabalhávamos no iate. Mas Jean Philippe quase não fala agora. Ele está de luto pela esposa. E eu só trabalhei em um navio antes do *Galáxia*, como auxiliar de convés. Precisei aprender sobre prevenção de incêndios e primeiros socorros básicos. Mas minhas principais tarefas eram limpar, lixar, encerar. Além de servir aos passageiros. Nada disso me preparou para o que enfrentamos agora.

Nossa última lata de água, segundo os cálculos de Geri, acabará amanhã. Todos entendemos o que isso significa. Sem água, não há como sobreviver. Geri está tentando usar um pequeno destilador solar que veio na bolsa de emergência, um plástico em forma de cone que deveria usar a condensação para produzir água potável. Ela o prendeu a uma corda que é arrastada no mar pelo bote. Mas ainda não deu certo. Tem um rasgo, diz ela. Porém a verdade é que somos dez, então seria impossível produzir o suficiente para todos.

Acabei de escrever "somos dez". Agora percebi que não contei sobre o destino de Bernadette. Perdão, Annabelle. Não tive coragem de escrever nos últimos dois dias. Demorei um pouco para processar o trauma.

Foi a Sra. Laghari quem finalmente extraiu uma resposta de Jean Philippe. Fazia horas que ele estava em silêncio, chorando baixinho. O Senhor, sentado ao lado dele, girava um remo entre as palmas das mãos.

A Sra. Laghari se ajoelhou, ainda usando a camiseta cor-de-rosa comprida que Geri lhe dera, o cabelo grisalho preso atrás das orelhas. Ela é uma mulher baixa, mas impõe respeito. Com voz determinada, disse:

— Senhor Jean Philippe. Entendo que este seja um momento de tristeza. Mas precisa nos contar o que aconteceu com a Bernadette. Não podemos guardar segredos. Depois que este homem a reanimou — ela apontou para o Senhor —, ele fez mais alguma coisa?

— O Senhor não machucou ninguém, senhora Laghari — sussurrou Jean Philippe. — A Bernadette estava morta.

Vários de nós arquejaram.

— Mas ela tinha acordado — comentou Nevin.

— Parecia bem — acrescentei.

— Achamos que ele a tivesse curado — afirmou Nina.

— Espera — disse Yannis. — Eu perguntei se ela estava curada, e ele negou. — Ele se virou para o Senhor. — Mas você disse que ela estava bem.

— Ela está — respondeu o Senhor.

— Ela morreu!

— Foi para um lugar melhor.

— Seu desgraçado arrogante — disse Lambert. — O que você *fez*?

— Parem, por favor — sussurrou Jean Philippe. Ele cobriu a testa com as mãos. — Ela falou comigo. Disse que estava na hora de confiar em Deus. Eu falei: "Sim, *chérie*, farei isso." Então ela sorriu e fechou os olhos. — A voz dele falhou. — Ela tinha o sorriso mais bonito do mundo, não tinha?

A Sra. Laghari se inclinou para a frente.

— Alguém mais viu isso?

— A Alice — disse Jean Philippe. — Pobre menina. Falei pra ela que a Bernadette estava dormindo. Só dormindo. Um sono... lindo.

Ele desmoronou. A maioria de nós também chorava, não apenas por Bernadette, mas por nós mesmos. Um escudo invisível havia se quebrado. A morte fizera sua primeira visita.

– Onde está o corpo dela? – indagou Lambert.

Não sei por que ele perguntou uma coisa dessas. Era óbvio.

– O Senhor me disse que a alma dela tinha partido – respondeu Jean Philippe, a voz rouca.

– Espera. Ele falou pra você jogá-la no mar? Sua própria esposa?

– Para com isso, Jason! – bradou a Sra. Laghari.

– Você a desovou no mar?

– Cala a boca, Jason! – censurou Yannis.

Lambert se sentou, abrindo um sorrisinho.

– Que Deus é esse? – questionou ele.

Hoje à noite, quando o sol se pôs, um grupo se sentou fora da cobertura de lona. A noite traz medo. Ela também nos deixa próximos, como se nós nos uníssemos contra um invasor que ninguém consegue enxergar. Hoje, com a ausência de Bernadette, parecíamos especialmente vulneráveis. Passamos um bom tempo sem falar uma única palavra.

Finalmente, do nada, Yannis começou a cantar:

Icem as velas do John B
Vejam como a vela mestra se sai...

Ele parou e olhou ao redor. Todos trocamos olhares, mas permanecemos em silêncio. Nina ofereceu um sorriso desanimado. Yannis desistiu. Sua voz é aguda e trêmula, um som que ninguém quer ouvir por muito tempo.

Então Nevin se apoiou nos cotovelos. Ele tossiu uma vez e disse:

– Se vai cantar, garoto, canta direito.

Ele esticou o pescoço. Dava para ver seu pomo-de-adão proeminente. Ele pigarreou e recomeçou:

Icem as velas do John B
Vejam como a vela mestra se sai...

A Sra. Laghari continuou:

Chamem o capitão em terra
Deixem-me ir pra casa...

O restante de nós começou a murmurar junto:

Deixem-me ir pra casa
Eu quero ir pra casa
Eu me sinto tão acabado, quero ir pra casa

– É "desolado" – interrompeu Nevin. – Não "acabado".
– É "acabado" – disse Yannis.
– Não na letra original.
– Acho que você está enganado – falou Lambert.
– É "acabado"! – declarou a Sra. Laghari. – Agora, vamos de novo.
E nós cantamos. Três ou quatro vezes.

Deixem-me ir pra casa, deixem-me ir pra casa,
Eu quero ir pra casa...*

---

* A música em inglês se chama "Sloop John B" e ficou famosa na versão feita pelos Beach Boys na década de 1960. Os versos originais são: "So hoist up the John B's sail / See how the mainsail sets / Call for the Captain ashore / Let me go home, let me go home / I wanna go home, yeah yeah / Well I feel so broke up / I wanna go home".

Até o Senhor participou, apesar de parecer que não sabia a letra. A pequena Alice ficou olhando como se nunca tivesse visto nada parecido. Nossas vozes se dissiparam no vazio da noite oceânica, e, naquele momento, dava para acreditar que nós éramos as únicas pessoas que restavam na Terra.

Noticiário

APRESENTADOR: *Enquanto famílias atordoadas pelo mundo inteiro realizam funerais para seus entes queridos, começamos uma série de homenagens para os desaparecidos no naufrágio do Galáxia, no mês passado. Hoje à noite, Tyler Brewer nos conta sobre a vida de uma mulher impressionante, que escapou da extrema pobreza e se tornou uma das pessoas mais poderosas do seu setor.*

REPÓRTER: *Obrigado, Jim. Latha Laghari nasceu nas favelas de Basanti, em Calcutá, na Índia. Ela passou a infância em um barracão feito de placas de madeira e metal. Não havia eletricidade nem água corrente. Ela fazia uma refeição por dia.*

Quando seus pais faleceram durante um ciclone, Latha foi adotada por um parente, que a mandou para um colégio interno. Ela se destacou em química e, quando se formou, queria estudar medicina, mas não havia bolsas de estudo para uma mulher da sua casta. Então ela passou dois anos trabalhando em um frigorífico, juntando dinheiro para ir para a Austrália, onde encontrou emprego na produção de cosméticos.

Latha começou como testadora de produtos, mas, graças a seus conhecimentos de química e a sua ética de trabalho incansável, ascendeu até se tornar diretora de desenvolvimento da Tovlor, a maior empresa de cosméticos da Austrália. Em 1989, ela pediu demissão para abrir seu próprio negócio na Índia, hoje um dos vinte maiores fabricantes de cosméticos do mundo, que produz a popular linha de batons Smackers.

É interessante notar que a própria Latha Laghari usava pouquíssima maquiagem. Conhecida como uma empresária elegante e prática, ela criou dois filhos com o marido, Dev Bhatt, que fez fortuna no campo da telefonia celular.

DEV BHATT: *"Latha era a pedra fundamental da nossa família. Por mais firme que ela fosse nos negócios, era gentil e amorosa com nossos filhos. Sempre tinha tempo pra eles e para mim. Ela dizia que nossa família foi o presente que recebeu pra compensar a família que perdeu na infância."*

REPÓRTER: *Latha Laghari tinha 71 anos quando foi convidada para a malfadada viagem Grandiosa Ideia, no iate de Jason Lambert. Ela deixa uma família enlutada, uma empresa listada entre as 500 maiores pela* Fortune *e um Centro de Educação para Mulheres, que fundou em Calcutá. Em uma entrevista, Laghari disse que, apesar de toda a formação educacional que teve ao longo da vida, foram seus seis primeiros anos nas favelas de Basanti que lhe ensinaram a lição mais importante. Quando lhe perguntaram qual tinha sido, ela disse: "Sobreviva até amanhã."*

No mar

Nono dia. Está escuro, e me sinto muito cansado, Annabelle. Tentei escrever para você duas vezes sem conseguir. Ainda estou em choque pelo que aconteceu hoje. A morte fez outra visita.

Eu estava descansando na parte de trás do bote quando Geri veio engatinhando.

– Já que você tem esse caderno, Benji – disse ela –, por que não faz um inventário? Precisamos regular bem nossos suprimentos.

Concordei com a cabeça. Então ela se virou e pediu a todo mundo que trouxesse o que tínhamos e deixasse no meio do bote. Não demorou muito para estarmos encarando nossas poucas posses.

Quanto à água, restava apenas meia lata.

Quanto à comida, tínhamos três barras de proteína da bolsa de emergência, além das coisas que tiramos do mar na noite em que o *Galáxia* afundou: quatro pacotes de biscoito, duas caixas de cereal matinal, três maçãs e o restante da caixa de biscoitos com manteiga de amendoim que Geri havia enfiado na mochila antes de abandonar o iate.

Quanto ao equipamento de sobrevivência, também da bolsa de emergência, tínhamos dois remos, uma lanterna, uma linha de pesca, uma faca, uma bomba pequena, um balde, uma pistola sinalizadora, três fachos manuais, binóculos e kits para consertar furos. E também um comprimido para enjoos. Tínhamos tomado os outros nos dois primeiros dias.

A mochila de Geri continha um kit de primeiros socorros, uma bisnaga pequena de creme de babosa, várias camisetas e shorts, uma tesoura, óculos escuros, o ventiladorzinho e um chapéu.

Por fim, havia os itens aleatórios que recolhemos da água: uma bandeja, uma bola de tênis, uma almofada, um tapete de ioga, um pote de plástico com canetas e cadernos – é graças a ele que consigo escrever para você agora –, e uma revista sobre carros, que, apesar de ter sido ensopada e seca várias vezes, foi lida por quase todo mundo no bote. Ela nos lembra do mundo que deixamos para trás.

Também tínhamos as roupas que usávamos quando escapamos do naufrágio: calças compridas, camisas, o vestido azul de festa da Sra. Laghari. Talvez os tecidos tenham alguma utilidade.

Ninguém falou muita coisa enquanto eu registrava os itens no meu caderno. Sabíamos que a comida e a água não nos sustentariam por muito tempo. Temos feito tentativas malsucedidas de pescar – batendo nos peixes ou tentando agarrá-los pelas laterais do bote –, mas, sem um anzol, as chances são mínimas. Não sei por que não havia anzóis na bolsa de emergência. Geri diz que tudo depende de quem a monta.

Lambert, que observava os itens, subitamente disse:

– Sabem quanto o meu fundo ganhou no ano passado?

Ninguém respondeu. Ninguém se importava.

– Oito bilhões – respondeu ele mesmo assim.

– Que diferença faz o seu dinheiro agora? – perguntou Nina.

– Faz toda a diferença – afirmou Lambert. – É o meu dinheiro que vai manter as pessoas procurando por nós. E é o meu dinheiro que vai acabar descobrindo quem destruiu o *Galáxia*. Mesmo que leve o resto da minha vida, vou caçar o animal que fez isso comigo.

– Do que você está falando, Jason? – perguntou a Sra. Laghari.
– Ninguém sabe o que aconteceu com o barco.

– *Eu* sei! – berrou ele. – Aquele iate era top de linha. Todos os detalhes eram bem-cuidados. É impossível que tenha afundado sozinho. Foi sabotagem! – Ele coçou a cabeça, depois olhou para os dedos. – Talvez estivessem tentando me matar – resmungou. – Bom, rá-rá, seus babacas. Eu continuo aqui.

Ele olhou para mim, mas desviei o olhar. Pensei em Dobby. Pensei em como nós dois odiávamos aquele homem.

Lambert se virou para o Senhor, que sorria.

– Está rindo de quê, seu lunático?

O Senhor não respondeu.

– Quer saber, se você realmente for Deus, eu nunca te chamei. Nem uma vez. Nem dentro da água.

– E mesmo assim eu escuto – disse o Senhor.

– Cala a boca, Jason! – reclamou Nina.

Lambert a olhou com raiva.

– Como você entrou no meu iate? O que você fazia?

– Cuidava do cabelo dos seus convidados.

– Ah, tá – disse Lambert. – E você, Jean Philippe, trabalhava na cozinha, né?

Jean Philippe concordou com a cabeça.

– E você aí, escritor? Benji? Como é que eu não sei por que pago o seu salário?

Senti o olhar dele cair sobre mim. Meu corpo se agitou por dentro. Eu tinha passado cinco meses trabalhando no *Galáxia*. Ele ainda não fazia a menor ideia de quem eu era. Mas eu sabia quem era ele.

– Auxiliar de convés – respondi.

Lambert resmungou.

– Um auxiliar de convés, uma cabeleireira e um cozinheiro. Vocês são bem úteis aqui.

– Para com isso, Jason – censurou Geri. – Benji, já terminou de anotar tudo?

– Quase – respondi.

– Prestem atenção – disse Nina de repente. – Se alguma coisa ruim acontecer – ela apontou para Lambert –, é por causa dele!

– Aham. Vai ser tudo minha culpa – respondeu Lambert. – Tirando que, olha só, não tem nada acontecendo. Que coisa.

Foi então que notei o Senhor passando uma das mãos por cima da lateral do bote. Ele a deixou na água. Achei estranho.

Um instante depois, houve um baque no assoalho de borracha, como se algo estivesse tentando furá-lo.

– Tubarões! – berrou Geri.

Antes de conseguirmos absorver essas palavras, veio outro baque. Então, de repente, o bote foi impulsionado para a frente e todos cambaleamos. Ele parou depois de alguns segundos, girou para a esquerda e foi para a frente de novo.

– Estão nos arrastando! – gritou Geri. – Segurem-se!

Todo mundo se prendeu à corda de segurança. O bote continuou se movendo. Então a metade da frente se levantou, e vi a pele cinza e branca de um peixe imenso que parecia tentar nos virar. Geri, Nevin e Jean Philippe foram lançados para a frente e nossas coisas se espalharam, algumas caindo no mar.

– Salvem os suprimentos! – berrou Lambert.

Eu agarrei a pistola sinalizadora e o balde, e vi a Sra. Laghari se levantar para pegar o binóculo, que havia prendido no seu vestido azul e caído na água. O bote sacolejou loucamente, ela perdeu o equilíbrio e foi derrubada no mar.

– Ai, meu Deus! – berrou Nina. – Puxa ela!

Fui cambaleando até a borda, mas a Sra. Laghari estava fora do meu alcance, balançando os braços e cuspindo água. Ela parecia assustada demais para gritar.

– Fica parada! – gritou Geri. – A gente vai te pegar! Não se mexe! – Ela usou um remo para nos levar para perto. A Sra. Laghari continuava batendo os braços na água. – Pega ela agora, Benji! – gritou Geri.

Eu me inclinei com os braços esticados, mas, antes de conseguir tocá-la, a Sra. Laghari desapareceu em um jato de água. Foi como se ela tivesse sido atingida por um míssil. Eu recuei, horrorizado. Até agora, não consigo esquecer a cena, Annabelle. Ela simplesmente foi engolida pelo mar.

– Cadê ela? – gritou Nina.

Geri girou para a esquerda e para a direita.

– Ah, não, não, não...

Observamos o sangue vermelho se espalhar pela água.

Não vimos a Sra. Laghari de novo.

Eu caí no assoalho do bote, arfando. Não conseguia respirar. Não conseguia me mexer. Tive um vislumbre do Senhor, que segurava a pequena Alice. Ele olhou para mim como se me enxergasse por dentro.

QUATRO

Em terra

LeFleur dirigia com o corpo ligeiramente torto. O saco plástico estava enfiado sob sua camisa, e ele se esforçava ao máximo para escondê-lo de Rom. Não que Rom parecesse interessado. Ele olhava pela janela aberta, a brisa despenteando seu cabelo ondulado.

LeFleur tinha conseguido ler somente os primeiros parágrafos do caderno. Ao tentar virar a página, ela se rasgara nas suas mãos. Com medo de causar mais danos, havia guardado o caderno no saco. Mas tinha visto o suficiente. Os especialistas estavam errados. Passageiros *haviam* sobrevivido ao naufrágio do *Galáxia*. Por enquanto, ele era o único que sabia disso.

O bote permaneceu na praia – era grande demais para caber no jipe da polícia –, então LeFleur chamou dois homens da Força de Defesa para tomarem conta dele até o dia seguinte, quando conseguiria voltar com uma caminhonete. A força era formada majoritariamente por voluntários. Ele torceu para que soubessem o que estavam fazendo.

– Vamos parar ali na frente pra comer alguma coisa? – sugeriu LeFleur.

– Sim, delegado – respondeu Rom.

– Você deve estar com fome, né?

– Sim, delegado.

– Escuta, pode parar com as formalidades, tá? Você não está sendo investigado.

Isso fez Rom se virar.

– Não estou?

– Não. Você só encontrou o bote. Não fez nada com ele.

Rom desviou o olhar.

– Certo? – perguntou LeFleur.

– Sim, delegado.

Que sujeito estranho, pensou LeFleur. A costa norte parecia atrair muitos homens assim, andarilhos magros, maltrapilhos, que nunca tinham pressa para nada. Eles fumavam muito e andavam de bicicleta, ou perambulavam por aí com violões. LeFleur costumava pensar que eram almas perdidas que, por algum motivo, sentiam ter encontrado um lar em Monserrat. Talvez porque metade da ilha também estivesse perdida, enterrada sob cinzas vulcânicas.

Eles pararam em um restaurante com mesas ao ar livre, que fazia parte de um pequeno hotel. LeFleur apontou para uma mesa e mandou Rom se sentar lá.

– Vou ao banheiro – disse LeFleur. – Pode pedir o que quiser.

Lá dentro, ele tocou a campainha da recepção. Uma mulher de meia-idade, com uma mecha de cabelo preto atravessando a testa, veio dos fundos.

– Posso ajudar?

– Escuta – disse LeFleur, falando baixo –, preciso de um quarto por mais ou menos uma hora.

A mulher olhou ao redor.

– Sou só eu – explicou LeFleur, e suspirou.

A mulher lhe entregou uma ficha.

– Preenche isso – disse ela em um tom inexpressivo.

– Vou pagar em dinheiro.

Ela guardou a ficha.

– Além disso, você tem um rolo de papel-toalha?

Alguns minutos depois, LeFleur estava em um quarto simples com uma cama de casal, escrivaninha, abajur, ventilador e algumas revistas sobre um frigobar. Ele entrou no banheiro, abriu a torneira da banheira e depois retirou o caderno do saco plástico. Passou o caderno de leve pela água, só uma vez, para tirar a sujeira e remover o sal que grudava as folhas. Então pôs o caderno sobre uma toalha e deu batidinhas nele com outra. Colocou as folhas de papel-toalha entre algumas páginas e as pressionou. Após alguns minutos, conseguiu separar a capa e ler as primeiras frases:

Quando o retiramos da água, seu corpo não tinha nenhum arranhão. Essa foi a primeira coisa que notei. Nós todos estávamos cobertos de cortes e hematomas, mas ele estava ileso.

Quem era aquele desconhecido?, perguntou-se LeFleur. Ele olhou para o relógio e percebeu que Rom estava esperando havia tempo demais. A última coisa de que precisava era que aquele cara ficasse desconfiado.

Ele posicionou o caderno de pé sobre a escrivaninha, depois direcionou o ventilador até ele para ajudar a secar as páginas. Então saiu rápido, trancando a porta.

No restaurante, LeFleur viu Rom em uma mesa no canto, com um copo de água gelada à sua frente.

– O senhor encontrou o que queria, delegado?

LeFleur engoliu em seco.

– O quê?

– O banheiro?

– Ah, sim. Encontrei. – Ele pegou o cardápio. – Vamos comer.

No mar

~~~~~~

Está amanhecendo, Annabelle. Não dormi. Fiquei esperando ter claridade suficiente para escrever para você de novo. Continuo assombrado pela morte da Sra. Laghari e não posso conversar com ninguém aqui sobre isso. Não do jeito como converso com você.

Fiquei refletindo sobre uma lembrança minha, muito vívida agora. Alguns dias atrás, caí no sono e, quando abri os olhos, vi a Sra. Laghari penteando o cabelo da pequena Alice com os dedos. Ela fazia isso com delicadeza, sem pressa, e Alice parecia feliz com o contato humano. A idosa alisou a franja da menina. Ela lambeu as pontas dos dedos e as pressionou sobre as sobrancelhas de Alice. Por fim, deu uma batidinha nos ombros dela, como se dissesse "Pronto", e Alice se inclinou e lhe deu um abraço.

Agora, a Sra. Laghari se foi. Restam nove pessoas no bote. Mesmo enquanto escrevo estas palavras, não consigo acreditar. O que está acontecendo com a gente?

Eu me dei conta de que não escrevi sobre como a Sra. Laghari, ou Alice, ou qualquer um dos outros veio parar no bote na noite do naufrágio do *Galáxia*. A verdade é que não me lembro de muita coisa. Eu estava tão exausto depois que consegui subir que devo ter apagado. Quando acordei, estava deitado de costas e senti alguém batendo no meu rosto. Abri os olhos e vi uma mulher de cabelo curto me encarando.

– Você armou as âncoras flutuantes? – perguntou Geri.

Era tudo surreal: a pergunta, o cenário à minha volta, o rosto dela, o rosto das pessoas atrás dela, mal iluminados pela luz fraca da lua. Reconheci Jean Philippe e Nina da equipe de funcionários. Os outros estavam tão molhados e com uma aparência tão deplorável que não consegui identificá-los. Fiquei de boca aberta e virei a cabeça, como se observasse um sonho.

– As âncoras flutuantes? – repetiu Geri.

Fiz que não com a cabeça, e ela logo se afastou. Eu a vi remexendo a bolsa de emergência enquanto os outros me ajudavam a sentar. Foi aí que percebi que éramos oito pessoas: Yannis, Nevin, a Sra. Laghari, Nina, Geri, Jean Philippe, Bernadette – que estava deitada sob a cobertura de lona, com a cabeça enfaixada – e eu.

Geri encontrou as âncoras flutuantes – dois pequenos paraquedas de pano amarelo – e os jogou na água, amarrando-os nos ilhoses do bote.

– Eles vão diminuir a nossa velocidade até conseguirem nos encontrar – declarou ela. – Mas já nos afastamos bastante.

Nina chorava.

– Alguém sabe que a gente está aqui?

– O iate deve ter enviado pedidos de socorro. Só precisamos esperar.

– Esperar pelo quê? – perguntou a Sra. Laghari.

– Por um avião, um helicóptero, outro barco – disse Geri. – Precisamos permanecer alertas e usar os sinalizadores se virmos alguma coisa.

Ela sugeriu que removêssemos quaisquer peças de roupas molhadas, que mantinham a água fria em contato com nossos corpos, e deu para a Sra. Laghari uma camiseta cor-de-rosa imensa que tirou da mochila que pegara antes de abandonar o iate. Lembro que a Sra. Laghari pediu que Nina a ajudasse a abrir o zíper nas costas do vestido e depois que nos virássemos enquanto ela se despia. Mesmo em um bote salva-vidas, as pessoas continuam pudicas. A explosão havia acontecido durante um jantar formal, e ver as roupas elegantes da maioria daquelas pessoas, agora molhadas e rasgadas enquanto nos apertávamos em um bote, era um lembrete desanimador de que a natureza não está nem aí para os nossos planos.

Depois disso, permanecemos sentados em silêncio, apenas olhando para o céu, torcendo para ver um avião. Nenhum de nós dormiu. Alguns rezaram. Foi só quando o dia começou a clarear que avistamos mais alguém. Geri havia achado uma lanterna na bolsa de emergência, e nos alternamos em apontá-la para lá e para cá como um farol. Por volta das cinco da manhã, ouvimos um grito distante.

– Ali – disse Geri, apontando –, a cerca de 20 graus para a direita.

Lá na frente, sob o brilho da lanterna, um homem se agarrava a algo. Conforme nos aproximamos, percebi que era um pedaço do casco de fibra de vidro do *Galáxia*, e o homem agarrado a ele era o dono do barco, Jason Lambert.

Caí para trás, tentando recuperar o fôlego. *Ele não!* O homem soltou um gemido gutural enquanto os outros lutavam para puxar seu corpo pesado para dentro do bote.

– É o Jason! – gritou a Sra. Laghari.

Ele ficou de lado e vomitou.

Geri se virou para o horizonte, que clareava com o novo dia.

– Pessoal, presta atenção na água! É a nossa melhor chance de descobrir se mais alguém sobreviveu!

Quando ela disse essa última palavra, senti como se um sino soasse. *Sobreviveu?* Nós éramos os *sobreviventes*? Não havia mais ninguém? Não. Eu não conseguia aceitar isso. Devia haver outras pessoas. Em algum outro bote. Em alguma outra parte daquele mar revolto. Pensei em Dobby. O que tinha acontecido com ele? Aonde ele tinha ido? Ele era responsável por aquele desastre?

Geri tirou os binóculos da mochila, e nos espalhamos pelo bote, passando-o de mão em mão. Chegou a minha vez. Em um primeiro olhar, através daquelas lentes, qualquer ondinha parecia algo vivo. Você podia jurar que via um golfinho ou um pedaço de equipamento brilhando no meio da água. Então notei um ponto vermelho, e vermelho não é uma cor fácil de confundir com o mar.

– Acho que vi alguém! – gritei.

Geri apanhou os binóculos e confirmou. Ela tirou um pedaço de papel molhado do bolso e rasgou uma pontinha, depois o jogou na água e se inclinou para observá-lo.

– O que você está fazendo? – perguntou a Sra. Laghari.

– As correntes... – respondeu Geri. – Viu como o papel volta pro bote? Se continuarmos parados aqui, aquilo lá, seja o que for, virá na nossa direção.

Ela pediu que remássemos com as mãos contra a corrente. Observei a figura vermelha se aproximar mais e mais. Por fim, Yannis, que no momento estava com os binóculos, anunciou:

– Ai, meu Deus... É uma *criança*.

Paramos de remar para olhar. Ali, sob a luz do sol nascente, agarrada a uma cadeira do convés, estava uma garotinha de uns 8 anos. Ela usava um vestido vermelho e seu cabelo castanho--claro estava ensopado, grudado na cabeça. Seus olhos estavam abertos, mas sua expressão era apática, como se esperasse calmamente que algo começasse. Acho que estava em choque.

– Ei! Você está bem? – gritamos. – Ei!

Então Geri pulou na água. Ela nadou até alcançar a cadeira, depois nadou de volta com os braços da menina ao redor do seu pescoço.

Foi assim que encontramos Alice.
Que não disse uma palavra desde então.

Quando o sol se pôs e o céu ganhou um tom avermelhado, Geri se levantou e anunciou:

– Pessoal, sei que o que aconteceu com a Sra. Laghari foi horrível. Mas temos que nos recompor. Precisamos de foco para sobreviver.

Olhei para o Senhor. Não contei para ninguém sobre a mão dele tocando a água nem sobre o olhar esquisito que dirigiu a mim. Será que imaginei aquilo? Será que ele havia sido responsável pelo ataque de alguma forma? Que tipo de Deus faria isso?

Jean Philippe recolheu o que restava dos nossos suprimentos. Perdemos os binóculos, os óculos escuros e, o pior de tudo, parte da comida. As âncoras flutuantes se foram. Os tubarões fizeram um buraco nas câmaras de flutuação inferiores, então o bote está inclinado para baixo e fica entrando água. Alguém precisa tirá-la com o balde o tempo todo. Geri está tentando pensar em uma forma de tapar o buraco, mas talvez isso exija nadar sob o bote, e ninguém quer fazer isso depois do que acabou de acontecer.

– De agora em diante, se os tubarões chegarem perto, vamos ter que usar isto – disse Geri, erguendo um dos remos. – Batam no focinho. Com força.

– Eles não vão ficar irritados? – perguntou Yannis.

– Tubarões não se irritam. Eles só atacam quando sentem cheiro ou...

– Parem com isso! Parem! – gritou Nina. – Precisamos dizer alguma coisa sobre a senhora Laghari! Não podemos falar sobre o que vai acontecer sem nos *despedirmos* dela! O que tem de *errado* com a gente?

Todos ficaram quietos. A verdade é que nenhum de nós conhecia a Sra. Laghari muito bem. Não conhecemos ninguém muito bem. Pelas nossas conversas no *Galáxia*, eu sabia que ela era da Índia, que tinha dois filhos e que trabalhava com cosméticos.

– Eu gostava dela – declaro por fim, sem nenhum motivo especial.

Então os outros disseram que gostavam dela também. Yannis imitou seu sotaque, e alguns deram risada. Rir não parecia certo, mas era melhor do que chorar. Talvez rir depois que alguém morre seja um jeito de dizermos a nós mesmos que a pessoa continua viva de certa forma. Ou que nós continuamos.

– Diz pra gente que ela está em um lugar melhor – implorou Nina, olhando para o desconhecido.

– Ela está – disse ele.

Geri coçou o cabelo e olhou para Nevin, cuja cabeça balançava para cima e para baixo, como se lutasse contra o sono.

– Nevin? Quer acrescentar alguma coisa?

Nevin piscou com força.

– O quê...? Ah... Ela era ótima. – Ele suspirou e esfregou a coxa ferida. – Sinto muito. Acho que isso não ajudou em nada.

Os machucados de Nevin estão mais preocupantes. Seu tornozelo está torcido em um ângulo horrível, resultado de um tropeção sobre um armário no convés do *Galáxia*. A ferida na coxa, um corte que fez na mesma ocasião, está feia e não cicatriza. Com o passar dos dias, ela ganhou um tom vermelho-escuro, e todos sentimos um cheiro ruim. Geri acha que deve haver um pedacinho de metal preso lá dentro, causando uma infecção. Se for o caso, não há nada que possamos fazer. Não por ele. Nem pela Sra. Laghari. Nem por Bernadette. Não há nada que possamos fazer por ninguém, infelizmente, a não ser rezar e esperar para morrer.

Noticiário

APRESENTADOR: *Esta noite, Tyler Brewer retoma sua série sobre os desaparecidos no mar durante o misterioso naufrágio do Galáxia. Neste décimo episódio, ele fala sobre um executivo de mídia britânico que mudou a cara da televisão.*

REPÓRTER: *Obrigado, Jim. Talvez você não conheça o nome Nevin Campbell mas é difícil encontrar um programa de televisão famoso na Grã-Bretanha que não tenha a participação dele. Depois de sair da BBC, ele lançou seu próprio serviço de streaming, o Meteor, que é hoje o campeão de assinaturas entre os britânicos.*

Nevin Campbell se arriscou nos primeiros dias do Meteor, fazendo empréstimos para financiar produções caras, como A colina, Cleópatra e Você conhece Sherlock Holmes?. Em dado momento, ele precisou fazer uma terceira hipoteca de sua casa e circulava por Londres de bicicleta porque não tinha dinheiro para comprar um carro. Mas os programas em que ele apostou tudo viraram fenômenos de audiência, e Campbell se tornou uma das figuras mais bem-sucedidas da mídia britânica.

Pouco antes da tragédia no Galáxia, o The Times declarou que Campbell era "um criador de sucessos que se equiparava aos maiores figurões de Hollywood. Se ele aprovar o seu projeto, é provável que você ganhe uma fortuna. Se o escolher para o elenco, você vai virar um astro".

Nevin Campbell nasceu em uma família bem-sucedida. Seu pai era o famoso agente literário Sir David Campbell e sua mãe era professora de direito na Universidade de Cambridge.

Com 1,95 metro, ele se destacou no salto com vara em sua época de estudante. Chegou a sonhar em representar a Inglaterra nos Jogos Olímpicos, mas uma classificação em quarto lugar nas eliminatórias o tirou do páreo. Anos depois, ele diria para a CNN: "Jurei que nunca mais faria algo sem dar o meu melhor."

Nevin Campbell tinha 56 anos quando Jason Lambert o convidou para participar da viagem Grandiosa Ideia. Lambert conhecia Campbell de uma negociação que fizeram para lançar o Meteor. Ele foi entrevistado no convés do Galáxia antes de a fatídica jornada começar.

NEVIN CAMPBELL: *"Sei que Jason diz que estamos aqui para mudar o mundo, mas acho que seria arrogante demais da minha parte acreditar nisso. Ficarei feliz em ouvir o que os outros têm a dizer, aprender algumas coisas, talvez ganhar um bronzeado. Meus colegas dizem que estou pálido demais, porque nunca paro de trabalhar."*

REPÓRTER: *Campbell tinha três filhos com a ex-esposa, Felicity. Quando embarcou no Galáxia, estava noivo da atriz britânica Noelle Simpson. Ela fez uma postagem no Instagram agradecendo ao público pelas condolências e pedindo que a imprensa respeitasse sua privacidade neste momento difícil.*

No mar

~~~~~~

Sobrevivemos ao nosso décimo dia no mar, meu amor. Isso se deve ao destino, à pura sorte, ou à presença do Senhor no bote. Sinceramente, não sei mais o que pensar.

Ontem foi outro teste. Passamos boa parte da manhã em silêncio, ouvindo as ondas batendo. Ninguém queria dizer o óbvio.

Finalmente, Yannis o fez.

– Como vamos sobreviver sem água? – perguntou ele.

Só de ouvir falar em água, já fico com sede. Não escrevi antes sobre a sede, Annabelle, porque, quanto menos penso nisso, melhor. Mas é uma necessidade poderosa. Você nunca pensa nela até não ter como saciá-la, e, aí, fica difícil pensar em outra coisa. Os lábios anseiam pela umidade. A garganta parece seca feito madeira. Tento produzir saliva na língua fantasiando sobre bebidas, um copo de Coca-Cola com gelo ou uma tulipa de cerveja gelada, pensamentos tão reais que consigo sentir o líquido passando entre meus dentes. Mas isso só aumenta minha sede. É um sofrimento singular negar ao corpo aquilo que ele mais deseja. Tudo passa a girar em torno de uma coisa: como posso conseguir água?

– E aquele destilador solar? – perguntei para Geri.

– Está furado – disse ela, balançando a cabeça. – Sempre que conserto, o furo se abre de novo.

Nina se virou para o Senhor. Ele esfregava a barba escura que crescia no queixo.

– Você não pode fazer nada? – implorou Nina. – Sei que quer que todo mundo acredite em você primeiro. Mas não vê como estamos preocupados?

Ele apertou os olhos contra o sol.

– A preocupação é algo que vocês criam.

– Por que nós faríamos isso?

– Para preencher um vazio.

– Um vazio de quê?

– De fé.

Nina chegou mais perto do homem. Ela estendeu as mãos.

– Eu tenho fé.

Jean Philippe se arrastou para perto e colocou as mãos sobre as dela.

– Eu também.

A pequena Alice ergueu o olhar. Talvez isso totalizasse três pessoas. Senti uma divisão súbita no bote, como se tivéssemos sido separados por nossas crenças. Parando para pensar, imagino que boa parte do mundo padeça dessa separação.

– Por favor, nos ajude – sussurrou Nina. – Estamos com muita sede.

O homem olhou apenas para Alice. Então fechou os olhos e se recostou. Parecia que ele tirava uma soneca. Que tipo de resposta foi essa, Annabelle? É de enlouquecer qualquer um.

Porém, enquanto ele dormia, o céu começou a mudar. Uma fileira de nuvens brancas foi se inflando, tornando-se cinza e densa. Não demorou muito para bloquear o sol.

Alguns minutos depois, a chuva caiu. Devagar no começo. Depois com mais força. Vi Lambert inclinar a cabeça, abrindo a boca, engolindo as gotas. Nevin arquejou e disse:

– Isso está acontecendo mesmo?

Yannis tirou a camisa, assim como Jean Philippe, esfregando a água fresca na pele encrustada de sal. Conforme o chuvisco se transformou em um aguaceiro, ouvi Nina rindo.

– Peguem qualquer coisa que possa coletar água! – berrou Geri.

Encontrei o pote dos cadernos e esvaziei seu conteúdo sob a cobertura de lona. Então corri para coletar as gotas de chuva. Geri fazia o mesmo com o balde. Jean Philippe ergueu duas latas vazias, deixando o novo suprimento espirrar dentro delas.

– Obrigado! – gritou ele para os céus. – Ah, obrigado, Bondyé!

Estávamos tão ocupados nos refestelando com a tempestade que nem percebemos quanta água foi se acumulando no fundo do bote. Acabei escorregando, fazendo o pote de plástico cair e derrubar água para todo lado.

– Que droga, Benji! – gritou Yannis. – Levanta! Enche de novo!

Lambert continuava de boca aberta feito um peixe, e Nevin, deitado de costas, inclinava a bandeja sobre seus dentes inferiores, direcionando a água para os lábios. Vi Alice sorrindo; ela estava ensopada da cabeça aos pés.

Então, com a mesma rapidez com que veio, a tempestade cessou. As nuvens se afastaram e o sol voltou.

Olhei para o pote de plástico quase vazio graças à minha queda. Eu me virei para o Senhor, que agora estava acordado e nos observava.

– Faz continuar! – berrei.

– Então você acredita que eu criei a tempestade? – perguntou ele.

Isso me pegou desprevenido. Olhei o pote vazio e disse:

– Se você criou, não foi suficiente.

– Uma gota de chuva já não seria suficiente para provar quem eu sou?

– Só faz continuar! – gritou Yannis. – Dá mais água pra gente!

O Senhor olhou para as nuvens que se dissipavam.

– Não – disse ele.

CINCO

No mar
~~~~~~~~~~~~~~~~~~~~~~~~~~~~~~

Décimo segundo dia. A água da chuva vai nos render mais alguns dias se a dividirmos corretamente. Yannis queria coletar o que estava no fundo do bote, mas Geri disse que não, que não sabemos quanta água do mar se misturou. Não podemos arriscar. Beber água do mar pode ser fatal. Causa espasmos musculares, confusão mental e, ironicamente, desidratação. Que estranho, Annabelle. Há tanta água ao nosso redor, e nem uma gota é potável.

Sofremos outra pequena perda. O ventiladorzinho. A pilha acabou horas atrás. Geri o segurava diante do rosto da pequena Alice quando as pás pararam de girar. A maioria de nós estava observando, e alguns gemeram de desgosto. Lambert foi o que gemeu mais alto.

– Você desperdiçou – disse ele.

– Cala a boca, Jason – rebateu Yannis.

Hoje cedo, Geri, Yannis, Nina, Lambert e eu ficamos sentados fora da lona enquanto o Senhor dormia embaixo dela. Não permanecemos ali por muito tempo, porque o sol é abrasador. Mas queríamos conversar em um lugar onde ele não nos ouvisse.

– Vocês acham que ele criou a chuva? – sussurrou Yannis.

– Não seja idiota – disparou Lambert.

– Ainda não sabemos como ele sobreviveu no mar – disse Geri.

– Ele teve sorte. E daí?
– Ele sente fome e sede como nós – falei.
– E ele dorme – acrescentou Yannis. – Por que Deus dormiria?
– E quanto à Bernadette? – perguntou Nina.
– Isso é difícil de explicar – admitiu Yannis.
– Não é, não – retrucou Lambert. – O que foi que ele fez?
– Ele a trouxe de volta à vida.
– Você não sabe disso. Ela pode ter acordado sozinha.
– Ela acabou morrendo no dia seguinte – disse Geri.
– Pois é – acrescentou Lambert. – Cadê o milagre nisso aí?
– A chuva pode ter sido uma coincidência – concluiu Yannis.
– Então por que não choveu antes? – indagou Nina.
– Mas por que Deus pararia a chuva na hora em que mais precisamos? – perguntei.
– Leia o Velho Testamento – sugeriu Lambert, em tom de escárnio. – Deus é caprichoso, maldoso e vingativo. Mais um motivo pra eu não gostar de religião.
– Você leu o Velho Testamento? – perguntou Geri.
– O suficiente – murmurou Lambert.

Jean Philippe se aproximou, então paramos de falar. Ele quer acreditar naquilo que prefere sobre a morte da esposa. Devemos respeitar isso.

Mudando de assunto, acho que Nevin vem piorando muito. Ele está bem pálido, e o ferimento da perna, apesar dos nossos esforços, só se agrava. Uma hora atrás, quando comecei a escrever para você, eu o ouvi chamando meu nome. Seus lábios estavam cobertos de bolhas e sua voz era fraca e hesitante.

– Benji... – chamou ele, rouco, acenando com dois dedos. – Você pode... vir aqui...?

Engatinhei até seu corpo alto e magro. A perna machucada estava elevada sobre a lateral do bote.

– O que foi, Nevin? – perguntei.

– Benji... Eu tenho três filhos...
– Que bom.
– Eu... eu vejo você escrevendo no seu... hum... caderno. Talvez possa... anotar uma mensagem pra eles... que eu ditar, sabe?

Olhei para a minha caneta e respondi:

– Tudo bem.
– O problema é que... não passei... tanto tempo com eles... quanto eu deveria...
– Não tem problema, Nevin. Você vai fazer isso ainda.

Ele suspirou e forçou um pequeno sorriso. Dava para perceber que não acreditava em mim.

– O meu caçula... Alexander... ele é... um bom garoto... meio tímido...
– Sim...
– Alto, como eu... se casou com uma moça legal, uma... uma professora de história... eu acho...

Sua voz ficou mais fraca. Ele revirou os olhos para longe de mim.

– Continua, Nevin. O que quer que eu escreva?
– Perdi o casamento deles – disse ele, rouco. – Reunião de negócios...

Ele olhou para mim como se implorasse.

– Meu caçula... falei pra ele... que eu não tinha como ir... – A mão direita dele caiu mole sobre seu peito. – Mas tinha sim.

Perguntei de novo o que ele queria que eu escrevesse, apesar de já saber.

– Me perdoem – disse ele por fim.

Em terra

LeFleur entrou em casa em silêncio. Já havia anoitecido. O caderno estava escondido em uma pasta.
– Jarty? Onde você estava?
Patrice veio da cozinha. Ela usava uma calça jeans e uma camiseta verde-limão folgada para seu corpo magro. Seus pés estavam descalços.
– Desculpa.
– Você saiu de manhã e passou o dia todo sem me ligar.
– É verdade.
– O que houve?
– Nada. Só lixo encalhado na costa norte. Tive que ir até lá pra dar uma olhada.
– Mesmo assim, você podia ter ligado.
– Tem razão.
Ela fez uma pausa, olhando para ele. Coçou o cotovelo.
– E aí? Alguma coisa interessante?
– Não muito.
– Preparei o jantar.
– Estou cansado.
– Fiz comida à beça.
– Tudo bem, tudo bem.

Uma hora depois, após terminar a refeição, LeFleur disse que queria assistir ao jogo de futebol. Patrice revirou os olhos. Ele sabia que ela faria isso. Lembrava-se de uma época em que os dois se comunicavam de forma mais delicada, com suas conversas entremeadas pela gentileza do amor. Isso se perdera nos destroços da morte de Lilly.

– Vou subir então – disse Patrice.
– Não vou demorar.
– Você está bem, Jarty?
– Estou.
– Tem certeza?
– Tenho. Se o jogo estiver chato, não vou assistir até o final.

Ela se virou sem responder e subiu a escada. LeFleur foi para a sala dos fundos, ligou a televisão, depois cuidadosamente removeu o caderno da pasta. Ele sabia que o que fazia era errado. Retirar o caderno do bote. Deixar de informar seus superiores. Mentir para Patrice. Era como se ele tivesse caído na toca do coelho e não conseguisse mais deter a queda. Parte dele insistia para que fosse em frente, desse o próximo passo, descobrisse os segredos daquela aparição inesperada em sua vida.

Ele releu a mensagem no verso da capa do caderno:

Para quem encontrar isto:
Não sobrou ninguém. Perdoe-me pelos meus pecados.
Eu te amo, Annabelle DeChapl...

Quem era Annabelle? O escritor acreditava que o caderno chegaria às mãos dela? E que período de tempo aquelas páginas representavam? Os últimos dias de alguém antes de sucumbir ao mar? Ou seria mais tempo? Semanas? Meses?

De repente, o telefone tocou, e LeFleur pulou como um ladrão pego no flagra.

Ele olhou para o relógio. Uma chamada às nove e meia da noite de domingo?

– Alô? – disse ele com hesitação.

– É o delegado LeFleur?

– Quem está falando?

– Eu me chamo Arthur Kirsh. Trabalho para o *Miami Herald* e quero só verificar uma informação.

LeFleur demorou um pouco para responder.

– O que é?

– O senhor pode confirmar que um bote salva-vidas do iate *Galáxia* foi encontrado em Monserrat? O senhor encontrou esse bote?

LeFleur engoliu em seco. Ele encarou o caderno sobre seu colo.

E desligou.

No mar

Nevin morreu.

Ontem ele ficou pálido feito um fantasma, perdendo e recobrando a consciência. Não conseguia comer nada. Em certos momentos, gemia tão alto que tapávamos os ouvidos.

– Tem alguma coisa naquele corte – sussurrou Geri. – Um pedaço de metal, ou seja lá com o que ele se cortou. A infecção não melhora. Se ele entrar em sepse...

– O que acontece? – perguntei, hesitante.

– Ele vai morrer? – indagou Jean Philippe.

Geri olhou para baixo. Sabíamos que isso significava que sim.

Foi a pequena Alice quem descobriu. Pouco após o nascer do sol, ela puxou minha camiseta. Achei que Nevin estivesse dormindo. Mas ela levantou a mão dele, que caiu mole. Pobre Alice. Nenhuma criança deveria testemunhar as coisas que ela já viu neste bote. Não é à toa que ela não fala.

Realizamos uma pequena cerimônia. Nina fez uma oração. Nós nos sentamos em silêncio, tentando bolar um discurso em grupo. Por fim, Lambert disse:

– Ele era um produtor genial.

O Senhor ficou de joelhos.

– Com certeza tem mais a ser dito sobre ele.

Ele usava a camisa social branca que Yannis vestia quando o *Galáxia* afundou e olhou ao redor para todos nós.

— Nevin tinha três filhos — declarei. — Ele queria ser um bom pai.

— Ele tinha uma voz bonita — acrescentou Yannis. — Lembram quando ele cantou "Sloop John B"?

— Ele amava o próximo? — perguntou o Senhor. — Ele ajudava os pobres? Demonstrava humildade em seus atos? Ele me amava?

Lambert fechou a cara.

— Mostre mais respeito — disse ele. — O homem morreu.

Ontem à noite tive um sonho. Sonhei que estava dormindo no bote quando um barulho me acordou. Olhei para cima, e o horizonte estava obstruído por um navio de cruzeiro gigantesco. Seu casco branco era enorme, salpicado de escotilhas, e os conveses estavam lotados de pessoas acenando, como os navios que chegavam aos portos de Nova York na virada do século XX. Só que, de algum jeito, eu sabia que aqueles eram os passageiros do *Galáxia*. Eu os ouvia gritar "Onde vocês estavam?" e "Estávamos procurando por vocês!". No meio de todo mundo estava Dobby, com o cabelo comprido e o sorriso dentuço. Ele agitou uma garrafa de champanhe, me chamando.

Acordei com um pulo e apertei os olhos contra o sol nascente. O horizonte estava vazio. Nenhum navio de cruzeiro. Nenhum passageiro feliz. Apenas a linha mais comprida do mundo, indo daqui até o infinito.

Senti meu corpo murchar. Naquele momento, por algum motivo, a enormidade da morte começou a me atingir. Não sei por quê. Nunca refleti muito sobre a morte, Annabelle. Eu sempre afastava esse pensamento. Todos nós sabemos que vamos morrer, mas, no fundo, não acreditamos nisso. Em segredo, achamos que vamos acabar escapando, que surgirá um avanço da medicina, um remédio novo que prolongue a vida. É uma ilusão, obviamente, algo para nos proteger do medo do desconhecido. Mas isso só funciona até o momento em que a morte se apresenta de maneira tão nítida diante de você que passa a ser impossível ignorá-la.

Cheguei a esse ponto, meu amor. O fim não é mais um conceito distante. Imagino todas as almas que se perderam junto com o *Galáxia*. Imagino Bernadette e a Sra. Laghari, e agora Nevin, todos engolidos pelo mar. Sem resgate, o restante de nós sofrerá o mesmo destino. Vamos perecer neste bote, ou na água fora dele, e um de nós verá todos os outros irem na frente. O instinto humano nos incita a encontrar uma forma de viver, mas quem quer ser o último a morrer?

Enquanto eu pensava nessas coisas, olhei para cima e percebi que a pequena Alice havia se aproximado de mim. Seus olhos estavam arregalados e sua expressão era meiga, como aquela carinha que as crianças têm quando acabam de acordar. Um minuto depois, o Senhor veio até ela. Ele também olhou para mim. Fiquei desconfortável.

– Não preciso de companhia – falei. – Só estou refletindo sobre as coisas.

– Sobre o seu destino – disse o Senhor.

– Algo assim.

– Talvez eu possa ajudar.

Eu ri.

– Por quê? Se eu fosse Deus, teria desistido de mim há muito tempo.

– Mas você não é – retrucou ele –, e eu nunca farei isso. – Ele cruzou os dedos na frente dos lábios. – Você sabia que, quando criei este mundo, fiz dois Paraísos?

– Quando *você* criou este mundo? – repliquei, com deboche.

– Sim – continuou ele. – Dois Paraísos. Acima e abaixo. Em certos momentos, vocês conseguem enxergar entre os dois.

A pequena Alice encarava o rosto dele. Não sei por que ela o idolatra. Acho que ela não entende nada do que ele diz.

– Para com isso, tá? – falei. – Não vê que estamos morrendo aos poucos aqui?

– As pessoas estão morrendo aos poucos em todo lugar – afirmou ele. – Elas também continuam vivendo. A cada nova respiração, elas podem encontrar a glória que deixei na Terra. Se a procurarem.

Eu me virei para o oceano azul-escuro.

– Pra ser sincero – continuei –, isto aqui é mais parecido com o Inferno.

– Garanto que não é.

– Imagino que você saberia, né?

– Sim.

Fiz uma pausa.

– *Existe* um Inferno?

– Não da forma como você imagina.

– Então o que acontece com as pessoas ruins quando elas morrem?

– Por que quer saber, Benjamin? – perguntou ele, se inclinando para a frente. – Você quer me contar alguma coisa?

Lancei-lhe um olhar irritado.

– Sai de perto de mim – falei.

SEIS

No mar

Está na hora de eu escrever sobre Dobby. Você precisa saber. O mundo precisa saber.

Vou começar dizendo que não tenho a menor ideia do que aconteceu com ele – embora imagine que tenha morrido junto com os outros. Nós não nos falamos na última noite no *Galáxia*, não depois de eu me recusar a fazer aquilo. Ele ficou furioso. Sentiu-se traído. Levando em conta que ele achava que eu sentia tanta raiva quanto ele, isso é compreensível.

Mas a ideia de explodir o *Galáxia* foi dele, Annabelle. Não minha. Se ele não tivesse aparecido na minha porta no verão passado, pouco depois de você me deixar, eu teria seguido o meu caminho, guardando meus ressentimentos só para mim.

Dobby era mais impulsivo. Quando era garoto, ele discutia com nossos professores, enfrentava os valentões, liderava a gente por trilhas de terra em nossas bicicletas, sempre correndo na frente, sempre sendo o primeiro a fazer as curvas. Ele era um rebelde em corpo de menino: ruidoso, indisciplinado, o cabelo escuro sempre bagunçado, a testa frequentemente franzida e o lábio inferior meio caído, como se estivesse levando bronca de alguém o tempo todo. Ele e a mãe se mudaram para Boston dois anos depois de nós, quando o pai de Dobby, meu tio, faleceu na

Irlanda. Eu tinha 9 anos. Dobby tinha 11. Eu lembro de ouvir a mãe dele dizendo para a minha:

– Esse menino anda por aí como se o diabo estivesse atrás dele.

Mas Dobby era inteligente. Inteligentíssimo. Ele lia o tempo todo. Pegava livros emprestados na biblioteca e os devorava enquanto tomava o café da manhã, almoçava e jantava. Foi por causa dele que adquiri o hábito de ler, Annabelle, e de escrever. Eu queria ser mais parecido com ele. Nós fazíamos pequenas competições, como quem conseguia contar a história de fantasmas mais assustadora. Ele sempre vencia. Tinha a imaginação mais fértil. E também era ávido por justiça, mesmo antes de entendermos o significado da palavra.

Uma vez, quando ele tinha 14 anos, Dobby aterrorizou quatro garotos mais velhos que jogavam pedras em um gato de rua. Ele pegou as tampas de umas latas de lixo de metal e as atirou neles, o tempo todo gritando:

– É assim que um gato se sente quando é apedrejado, seus babacas!

Depois que os quatro saíram correndo, ele pegou o gato no colo e se transformou, todo carinhoso e paciente.

– Você está bem agora, está seguro – sussurrou ele.

Ninguém no meu mundo se comportava assim. Como eu o admirava! Ele era só dois anos mais velho que eu, mas, naquela idade, dois anos definem o líder e o seguidor. Ele sempre me cumprimentava com uma piscadela e um "E aiiií, Ben-*ji*?". Eu sorria toda vez, me sentindo conectado com alguém que seria muito maior que a nossa comunidade pobre. Éramos só garotos naquela época, mas eu o idolatrava. E as pessoas que você idolatra na infância podem manter essa influência mesmo anos depois, quando você já deveria estar mais esperto.

– Esse pessoal é nojento, Benji – disse Dobby quando leu sobre a viagem do *Galáxia* pela primeira vez em um jornal.

Eu estava preparando ovos mexidos no apartamento que dividíamos em Boston desde que ele tinha aparecido, sem um tostão e bêbado, cantando "Bella Ciao" na minha porta. Fazia anos que não nos víamos. O cabelo nas suas têmporas tinha ficado grisalho.

– Eles acham que podem se juntar feito os donos do planeta e decidir o que é bom para o resto de nós.

– Bem, sim – respondi.

– Não acredito que você vai trabalhar nessa palhaçada.

– O barco é do Jason Lambert. Eu trabalho nele. Que escolha eu tenho?

– Você não tem nojo desse cara? Ele diz que quer mudar o mundo. Mas olha só o jeito como trata você.

– Pois é, primo.

Suspirei.

– Por que você não toma uma atitude?

Olhei para ele.

– Do que você está falando?

– Eu tenho um amigo... – Sua voz foi sumindo. Ele pegou o jornal de novo, encontrou um parágrafo e leu em silêncio. Então olhou dentro dos meus olhos. Sua expressão era de calma absoluta. – Benji, você confia em mim?

– Confio, primo.

Ele sorriu.

– Então *nós* vamos mudar o mundo.

E foi assim que tudo começou.

O "amigo" de Dobby era gerente de turnês de bandas de rock, dentre elas a Fashion X, que estava escalada para tocar no

Galáxia na noite de sexta. Ao longo dos anos, Dobby havia trabalhado como *roadie* em vários espetáculos. Era assim que ele ganhava o pouco dinheiro que tinha. Ele entendia de equipamentos musicais e gostava das viagens, da agitação, de montar e desmontar as coisas.

Eu sempre soube disso. O que eu não sabia era que ele estava usando seus contatos de trabalho para criar um plano nefasto, que me envolvia. Sua ideia era conseguir que o amigo o contratasse para o show da Fashion X e então embarcar os equipamentos para o *Galáxia*, incluindo instrumentos, amplificadores, mesas de som e um objeto que parecia fazer parte do conjunto, mas que não fazia:

Uma mina *limpet*.

Eu não sabia o que era uma mina *limpet*, Annabelle. Agora, eu sei. Dobby me contou. É um explosivo naval que é preso com ímãs ao fundo dos barcos. Mergulhadores precisam acoplá-las ao casco em segredo para depois as detonarem de longe. Minas *limpet* são usadas desde a Segunda Guerra Mundial. De que forma Dobby conseguiu uma, nunca vou saber.

Mas, pelo visto, ele escondeu uma mina *limpet* no meio do equipamento musical. Era tarde de sexta, o último dia da viagem Grandiosa Ideia. Ele me pediu ajuda para carregar uma caixa de bateria pelo segundo convés. Quando ficamos sozinhos, Dobby parou, abriu a tampa e a levantou um pouquinho.

– Olha só, primo – disse.

Lá dentro, vi um aparelho redondo, verde-escuro, com 30 centímetros de diâmetro e 15 centímetros de altura.

– O que é isso? – perguntei.

– Um negócio grande o suficiente pra detonar este iate inteiro. E, junto com ele, o Jason Lambert e seus amigos ricos.

Fiquei chocado demais para responder. Minha respiração acelerou. Meus olhos percorreram o corredor. Dobby começou a sussurrar sobre como eu podia ajudá-lo a descer em uma corda à noite, quando o *Galáxia* estivesse ancorado, para ele prender a mina ao casco um pouco abaixo da linha-d'água, onde causaria mais danos.

Eu mal escutei o que ele dizia. Um som pulsante retumbava na minha cabeça.

– Do que você está *falando*? – finalmente gaguejei. – Eu nunca...

– Benji, me escuta. Faz ideia do efeito que isso vai causar? Tem um ex-presidente neste iate! Tem bilionários da tecnologia, que exploram as pessoas há anos! Tem banqueiros, caras do mercado financeiro, e, o melhor de tudo, aquele nojento do Lambert. Todos esses que se acham mestres do universo. A gente pode acabar com todos eles. Vai ser histórico. A gente vai fazer história, Benji!

Fechei a tampa com força.

– Dobby – falei, nervoso –, você está falando sobre *matar* pessoas.

– Pessoas que são horríveis com outras pessoas – disse ele. – Que as manipulam. Que as exploram. Como o Lambert. Você odeia o cara, não odeia?

– Nós não somos Deus.

– Por que não? Deus não está fazendo nada para resolver o problema.

Como não esbocei reação, ele agarrou meu braço. Sua voz ficou mais baixa.

– Qual é, primo – disse ele. – Este é o nosso momento. Por todas as porcarias que aturamos quando éramos garotos. Por sua mãe. Por Annabelle.

Quando ele tocou no seu nome, engoli em seco com tanta força que pensei que minha língua tivesse descido pela garganta.

– E o que vai acontecer com a gente? – murmurei.

– Bom, nós somos os capitães da ideia. – Ele bufou. – Capitães afundam com o navio.

– Quer dizer...

– Eu *quero dizer* – interrompeu ele, apertando os olhos para mim – que ou uma coisa é importante pra você ou não é. Quer fazer a diferença? Ou quer passar o resto da vida sendo um capacho, lustrando os tronos em que os ricos se sentam?

O som pulsante na minha cabeça se transformou em uma dor latejante nas têmporas. Eu me sentia zonzo.

– Dobby – sussurrei. – Você quer... *morrer*?

– É melhor do que viver feito uma formiga.

Foi só naquele momento, Annabelle, que entendi que ele era louco.

– Não vou fazer isso – falei, as palavras quase inaudíveis.

Os olhos dele brilharam de raiva.

– Não vou fazer isso! – repeti, mais alto.

– *Qual é*, primo.

Balancei a cabeça.

Mal consigo descrever o que vi no olhar de Dobby. Tristeza, traição, descrença, como se fosse impossível decepcioná-lo mais, mesmo que eu tentasse. Ele ficou me encarando por um bom tempo, seu lábio inferior se abrindo, como fazia quando era menino. Então fechou a boca e pigarreou.

– Tudo bem – disse ele. – Não dá pra mudar quem você é.

Ele ergueu a caixa, virou-se de costas para mim, seguiu andando pelo corredor e desapareceu por uma porta.

E eu não fiz nada para impedi-lo, meu amor, nada.

Em terra

– Jarty? – gritou Patrice lá de cima. – Quem era no telefone?

LeFleur suspirou. Esperava que ela já tivesse dormido.

– Ninguém! – gritou de volta.

Ele ouviu passos na escada. Guardou o caderno na pasta e aumentou o volume do jogo de futebol.

Patrice surgiu na porta.

– Ninguém liga pra casa dos outros numa noite de domingo sem motivo – afirmou ela. – Jarty, o que está acontecendo?

Ele passou a palma da mão pela testa, apertando a pele como se tentasse encontrar uma resposta.

– Tudo bem – disse ele. – Não foi só lixo que encalhou na costa norte. Foi um bote.

– Que tipo de bote?

– Um bote salva-vidas – respondeu ele.

Ela se sentou.

– Tinha algum...

– Não. Nenhum corpo. Nenhuma pessoa.

Ele não mencionou o caderno.

– Você sabe de qual navio ele saiu?

– Sei – respondeu, soltando o ar. – Do *Galáxia*. Aquele que afundou no ano passado.

– Com um monte de gente rica?

Ele concordou com a cabeça.

– Quem ligou agora?

– Um repórter. Do *Miami Herald*.

Ela esticou a mão e tocou o braço dele.

– Jarty. Aqueles passageiros... Os jornais disseram que todos eles *morreram*.

– Pois é.

– Então quem estava no bote salva-vidas?

No mar
~~~~~~~~~~~~~~~~~~~~~~~~~~~~~

A água hoje exibe um tom escuro de safira, e o céu está atravessado por nuvens de algodão. Faz duas semanas que o *Galáxia* naufragou. Nossa comida acabou. Assim como a água potável da tempestade. Nossos espíritos estão deprimidos, e nossos corpos, frágeis.

Fico pensando sobre a palavra *"salvação"*, Annabelle. Em como esse "Senhor" se recusa a nos salvar. Em como a Sra. Laghari tentou salvar os binóculos e caiu no mar. Em como eu poderia ter salvado todas as pessoas a bordo do *Galáxia* se tivesse detido Dobby e aquela mina *limpet*.

Penso naquela última tarde, depois que eu e Dobby nos separamos. Minha cabeça latejou durante horas. Minha barriga doía. O chefe da tripulação gritou comigo duas vezes por não atender os passageiros rápido o suficiente. Eu procurava por Dobby em todos os momentos livres, olhando em corredores, espiando por cima das amuradas. Não o vi mais. Era o último dia do evento e havia muita agitação.

Talvez eu estivesse em negação. Talvez eu achasse que Dobby não teria coragem de prosseguir com aquilo. Nunca pensei que ele fosse um assassino. Raivoso? Sim. Rancoroso? Sim. Ele era capaz de falar sem parar sobre classes, riqueza e privilégios.

Mas um assassino de pessoas desconhecidas? Será que alguém realmente é capaz de mudar sua natureza de forma tão radical? Ou será que eu só não conseguia acreditar naquilo porque não conseguia imaginar essa transformação?

– Benji? – chamou Jean Philippe. – Sai do sol.

Ele estava sob a lona com todos os outros, tirando Yannis, que havia se arrastado para fazer suas necessidades pela borda do bote. Nossos movimentos são tão lentos agora que parecemos crianças engatinhando.

– Por favor, meu amigo – disse Jean Philippe. – Você está se queimando.

Era meio-dia, o pior momento para se expor. Eu nem tinha me dado conta de quanto tempo fazia que estava ali. Fui deslizando na direção de Jean Philippe até estar sob a cobertura.

Todos estavam em silêncio, suas pernas queimadas e cheias de bolhas esticadas umas entre as outras como troncos de árvores. Lambert folheava a revista de carros. O Senhor encontrou meu olhar e abriu um sorriso bobo. Eu me virei para o outro lado e vi que, fora da lona, Yannis estava ajoelhado, olhando para o céu.

– Ah, meu Deus – murmurou ele. – Ninguém se mexe.

– O quê? – disse Nina.

– Um pássaro.

Nossos olhos se arregalaram. Um pássaro? Nina se levantou para olhar, mas Geri a impediu com um braço, gesticulando para que ficasse quieta. Ouvimos um farfalhar baixo. Então uma sombra apareceu na lona.

Os pés do pássaro se moviam acima de nós.

– Benji – sussurrou Yannis –, ele está chegando na beirada.

Eu o encarei e virei as mãos para cima. O que ele queria que eu fizesse?

– Quando eu mandar, estica o braço e pega ele.

– *O quê?*

– É você quem está mais perto. Precisa pegar ele.
– Por quê?
– Porque é *comida*.
Comecei a suar. Vi os outros olhando para mim. Lambert fez uma cara irritada.
– Pega a porcaria do pássaro – disse ele.
– Não *consigo*.
– Consegue, sim! Pega!
– Benji, por favor – insistiu Nina.
– Ele está chegando na borda – declarou Yannis, a voz baixa e firme. – Quando eu mandar... estica o braço e agarra os pés dele.
Eu estava horrorizado.
– Se prepara...
Levantei as mãos na direção da lona. Tentei imaginar a aparência do pássaro. Rezei para ele sair voando, para se salvar, para me salvar.
– Lá vem ele... – avisou Yannis.
– Calma, Benji – disse Geri.
– Você consegue – encorajou Jean Philippe.
– Eu não quero – sussurrei.
– Anda *logo*! – disse Lambert.
Minhas mãos tremiam.
– Agora – disse Yannis.
– Espera...
– Agora, Benji!
– Não, não, não – retruquei, ao mesmo tempo que impulsionava as mãos para o alto e, em um movimento ágil, as girava e batia na lona.
Senti as garrinhas nos meus dedos e apertei com força. O pássaro grasnou, batendo as asas em desespero. Eu o puxei para fora da lona, e as penas bateram no meu queixo enquanto seu corpo branco comprido tentava fugir desesperadamente, se retorcen-

do, se repuxando, bicando meus dedos. Apertei-o ainda mais e fechei os olhos.

– O que eu faço? – gritei.

– Mata ele! – berrou Lambert.

– Não posso! Não posso!

Os grasnados eram horríveis. *Tenha piedade!*, parecia gritar o animal. *Não sou um de vocês! Me solta!*

– Desculpa! Desculpa!

– Não solta!

– Benji!

– Desculpa!

De repente Yannis estava em cima de mim. Ele agarrou a cabeça do pássaro e a torceu com força. O animal morreu com um estalo. Suas penas caíram sobre o meu peito. Lágrimas escorriam pelas minhas bochechas. Olhei para a criatura morta. Olhei para Yannis. Olhei para o restante deles, inclusive para o homem que alega ser o Senhor, e a única coisa que consegui dizer foi:

– Por quê?

Noticiário

APRESENTADOR: *Hoje, no décimo segundo episódio, Tyler Brewer apresenta mais uma vítima do naufrágio do* Galáxia, *um jovem embaixador que estava no auge da carreira.*

REPÓRTER: *Yannis Michael Papadapulous nasceu nos arredores de Atenas, em 1986, filho do ex-primeiro-ministro do país e de uma famosa cantora de ópera. Yannis passou boa parte da juventude viajando e estudou na prestigiosa escola preparatória Choate, em Connecticut, antes de se matricular em Princeton e permanecer nos Estados Unidos para fazer um MBA em Harvard.*

Ele se tornou conhecido por abrir várias startups na Grécia e lançou um serviço de aluguel de casas por temporada que se tornou a agência de reservas mais bem-sucedida do país.

Yannis ganhou fama instantânea quando a revista People, *em uma edição especial dedicada a celebridades estrangeiras, o elegeu o Grego Mais Sexy do Mundo. Ele participou de dois filmes e se tornou uma presença habitual em lugares internacionalmente conhecidos por suas festas, como Côte d'Azur, Ibiza e St. Barts.*

Seu pai, Giorgios Papadapulous, insistiu para que Yannis voltasse à Grécia ao completar 30 anos, para "tomar um rumo na vida".

GIORGIOS PAPADAPULOUS: *"Meu filho era muito talentoso. Mesmo quando era criança, conseguia resolver de cabeça equações matemáticas difíceis. Achei que, se ele se concentrasse em algo como economia, considerando sua capacidade natural de liderança, poderia ajudar muito o nosso país."*

REPÓRTER: *Yannis venceu sua primeira eleição para o parlamento um ano depois, em boa parte graças à sua fama. Após alguns anos, por causa de objeções de outros membros do parlamento, foi nomeado embaixador para as Nações Unidas, a pessoa mais jovem a alcançar essa posição na história da Grécia. Críticos alegavam que ele recebeu o cargo como um favor político para seu pai. Mas Yannis se tornou um porta-voz efetivo e ajudou a negociar empréstimos financeiros para tirar seu país de uma grave crise financeira.*

Aos 34 anos, Yannis Papadapulous era o convidado mais jovem da viagem Grandiosa Ideia, de Jason Lambert. Yannis foi dado como morto, assim como os demais passageiros, e sua curta vida e sua carreira promissora foram ceifadas pelos acontecimentos daquela fatídica noite no mar.

No mar

A meia-noite do nosso décimo sétimo dia se aproxima. Perdoe-me, meu anjo. Não consegui escrever antes. Desde que Yannis quebrou o pescoço do pássaro, sinto como se eu estivesse dopado. Não sei por que aquilo me afetou tanto. A carcaça cheia de penas caindo mole sobre o meu peito... Não consigo tirar essa imagem da cabeça. Eu me sinto pesado e mal consigo me sentar.

Talvez você esteja se perguntando o que aconteceu depois. Nada. Não por alguns minutos, pelo menos. Ninguém a bordo parecia saber o que fazer com o pássaro morto. Ficamos apenas nos encarando. Por fim, Jean Philippe se pronunciou.

– Dona Geri – disse ele, baixinho –, pode me emprestar a faca?

Então ele começou a depenar a criatura, arrancando as asas, cortando a cabeça. Nina se encolheu e perguntou se Jean Philippe sabia o que estava fazendo. Ele respondeu que sim, que precisara fazer isso quando era garoto no Haiti, geralmente com galinhas, mas que não era muito diferente com o pássaro. Ele não parecia feliz com a atividade. Talvez também não ficasse feliz naquela época.

Nós nos afastamos quando o sangue e as entranhas espirraram para fora. Depois de um tempo, Jean Philippe cortou o peito, a parte mais carnuda, e o fatiou em pedaços viscosos. Falou para pegarmos um por pessoa.

— A gente vai comer a carne crua? — perguntou Lambert.

— Você pode deixar o seu pedaço secar no sol — disse Yannis, pegando o dele —, se quiser esperar mais dois dias.

Yannis começou a mastigar. Nina olhou para o outro lado. Geri pegou um pedaço e o entregou para a pequena Alice. Como já se tornou seu hábito, ela o deu para o Senhor, então Geri lhe passou outro. Não demorou muito para todos eles estarem mastigando com movimentos exagerados do maxilar. Eu não tive coragem.

— Por favor, Benji — disse Jean Philippe. — Você precisa comer.

Balancei a cabeça.

— Não se sinta culpado por capturar a criatura. Você fez isso por todos nós.

Eu o encarei, e meus olhos se encheram de lágrimas. Se ele soubesse a verdade. Que eu não fiz nada por eles, não quando realmente faria diferença.

Olhei para o Senhor, que comia seu pedaço sem tirar os olhos de mim. Ele engoliu a carne e sorriu.

— Eu estou aqui, Benjamin — disse ele. — Quando você quiser conversar.

Naquela noite, pouco depois do pôr do sol, notei que Nina e Yannis estavam sentados juntos. Não faz muita diferença do lado de quem nos acomodamos, porque o espaço todo é muito apertado e você está sempre encostado em alguém. É estranho como nos acostumamos rápido com a aglomeração, nos contorcendo para deixar os outros passarem, afastando as pernas para permitir que alguém se alongue. Imagino que Lambert, Geri e Yannis estejam habituados a cômodos imensos em casas imensas. Como deve ser esquisito para eles não ter um lugar só para si.

Mesmo assim, Nina e Yannis estavam sentados juntos não por motivos práticos, mas por companhia. Yannis tinha passado um braço atrás dela, encostado na borda do bote. Em certo momento, ela apoiou a cabeça no ombro dele, os cachos compridos tocando no peito dele. A mão de Yannis apertou seu braço, e ele lhe deu um beijo na testa.

Por instinto, me virei para o outro lado, não sei dizer se para dar privacidade aos dois ou por inveja. Nós ansiamos por água, clamamos por comida. Porém o que mais desejamos é consolo. Um abraço carinhoso. Alguém que sussurre: "Está tudo bem. Está tudo bem."

Talvez Nina e Yannis estejam encontrando isso um no outro. Eu o encontro nestas páginas rabiscadas, Annabelle, nos pensamentos que passam do meu cérebro para meus dedos, da caneta para o papel. Para você.

Eu encontro isso em você.

Agora, parece inevitável que morra nestas águas. Se for o caso, quero compartilhar com o mundo alguns parágrafos sobre a minha vida. Não tenho motivo para esperar que este caderno chegue a qualquer lugar sem mim. Mas, quando todas as suas grandes ideias desaparecem, você se apega às pequenas. Talvez aconteça algo que venha a trazer esta história à tona.

Sendo assim, aqui vai o resumo da minha vida.

Sou filho único e nasci em Donegal, na Irlanda, em uma pequena cidade ao norte chamada Carndonagh, perto de onde o oceano Atlântico e o mar das Hébridas se encontram. Minha mãe, como muitas crianças irlandesas, costumava jogar golfe em um campo próximo. Ela era tão talentosa que, aos 18 anos, depois de ganhar um torneio local, recebeu um ingresso e uma passagem de ônibus para assistir ao Aberto Britânico de Golfe na Escócia. Lá, como descobri mais tarde, ela conheceu meu pai, ou melhor, esteve com meu pai, porque foi a última vez que o viu durante anos. Nasci nove meses depois. Minha mãe nunca me revelou o nome dele, por mais que eu perguntasse. Ela também nunca mais jogou golfe.

Às vezes, quando era pequeno, eu a ouvia brigando na cozinha com um homem de voz grossa, tarde da noite, e achava que aquele talvez fosse o meu pai. Mas era apenas um ex-namorado, que poderia ter se casado com a minha mãe se ela não tivesse passado aquela semana na Escócia e "acabado com a própria reputação". Ele berrava essas palavras o tempo todo, o suficiente para que eu, com a cabeça no travesseiro, passasse a ter uma vergonha permanente da minha existência.

Eu tinha uma tia, Emilia, a mãe de Dobby, e um tio, Cathal, seu marido. Certa manhã, quando eu tinha 7 anos, eles levaram minha mãe e eu para o aeroporto local, que tinha acabado de trocar sua pista gramada por uma pavimentada. Entregamos nossa mala para um carregador. Pegamos um voo.

Chegamos em Boston no meio de uma nevasca. Eu não entendia o sotaque e fiquei desnorteado com os carros e a imensidão dos outdoors pendurados em todo canto, anunciando os donuts da Dunkin' Donuts, os hambúrgueres do McDonald's, vários tipos de cerveja. Nós morávamos em um apartamento ao lado de uma padaria italiana, e, quando minha mãe conseguiu emprego em uma fábrica de pneus, fui mandado para a escola. Uma escola da cidade. Não me saí bem. Os professores eram velhos e inacessíveis. Eles pareciam tão aliviados quanto eu na hora em que o sinal tocava para encerrar as aulas.

Nunca entendi por que minha mãe escolheu aquela cidade, ou mesmo os Estados Unidos, até uma tarde, quando cheguei da escola e a encontrei parada diante de um espelho, usando um vestido prateado justo que eu nunca tinha visto. Ela havia feito um penteado e passado maquiagem, e parecia outra mulher, de tão chocante que era sua beleza repentina. Perguntei aonde ela ia, e sua resposta foi apenas:

– Chegou a hora, Benjamin.
– Hora do quê?
– Hora de eu encontrar o seu pai.

Não entendi o que ela disse. Os Estados Unidos ainda eram um país misterioso para mim, e, na minha imaginação infantil, achei que ela estivesse indo para algum lugar fora da cidade, no topo de uma colina, onde os pais ficavam esperando em quartos solitários pelo retorno de sua amada. Ela anunciaria sua chegada para alguém na recepção, que gritaria seu nome para uma multidão de homens ansiosos. Um deles – bonito, forte, com uma barba escura por fazer – se levantaria e gritaria "Sim, sou eu!" e correria para abraçar minha mãe, pois a chegada dela era uma resposta às suas preces.

Não foi isso que aconteceu.

O homem, seja lá quem fosse, não recebeu bem a minha mãe. Naquela noite, acordei com ela quebrando coisas no seu quarto e corri para encontrá-la destruindo com uma tesoura o vestido que tinha acabado de usar. Sua maquiagem estava manchada de lágrimas, e o batom, borrado. Ao me ver, ela gritou:

– Sai daqui! Sai daqui!

Mesmo naquele instante, eu soube que ela estava apenas ecoando a reação do meu pai ao reencontrá-la.

Ela me ofereceu poucos detalhes sobre ele. Descobri que ele era rico e morava em uma casa em Beacon Hill. Minha mãe tentou insistir que ele se importava comigo, mas eu sabia que era mentira. Eu via a tristeza nos olhos dela ao falar isso. Entendi, naquele momento, que ela havia passado minha vida inteira fazendo planos para aquela noite, para tentar nos tornar inteiros, para tentar nos transformar numa família, para recuperar sua reputação, e que ela havia sido dispensada – um ato que, na minha cabeça, cimentava a imagem do meu pai como um canalha e de mim como alguém que não tinha pai.

Minha mãe era contraditória de muitas formas. Magra e frágil, havia nos levado sozinha para um país desconhecido. Quando seu reencontro tão sonhado foi por água abaixo, ela fez o que tinha que fazer. Trabalhou incansavelmente naquela fábrica, fazendo horas extras, inclusive nos fins de semana. Posso jurar que ela fazia o trabalho de cinco homens. Mas, um dia, ela caiu de um andaime e machucou a coluna de forma tão grave que não conseguiu mais andar depois disso. A fábrica se livrou de pagar uma indenização vultosa alegando no tribunal que ela fora negligente. Minha mãe nunca tinha sido negligente na vida.

Com o tempo, ela foi esmorecendo. Assistia à televisão com o som desligado. Em certas épocas, passava dias sem comer. Nunca falava sobre o acidente na fábrica nem sobre o que aconteceu com meu pai, mas estava implícito que seus planos grandiosos para ter uma vida melhor haviam fracassado, e esse fracasso pairava no ar da cozinha minúscula em que fazíamos nossas refeições, no nosso banheiro verde pálido e na tinta descascando e no carpete desbotado dos nossos quartos. Às vezes, quando saíamos para dar uma volta, eu empurrando a cadeira de rodas dela, minha mãe começava a chorar sem motivo; podia ser quando alguém passava com um cachorro ou quando víamos crianças jogando beisebol. Eu sempre achava que ela olhava para as coisas e enxergava algo muito diferente. Pessoas desalentadas fazem isso.

O conselho que minha mãe mais repetia para mim era: "Encontre uma pessoa em quem você possa confiar." Ela foi a minha pessoa de confiança durante minha infância turbulenta, e tentei ser a dela nos seus últimos anos. Depois que ela morreu, eu sentia um peso o tempo todo. Minha respiração era forçada, minha postura era desleixada. Eu tinha medo de estar doente. Agora, percebo que era apenas o peso do amor que não tinha para onde ir.

Então carreguei esse amor, buscando pelo mundo um lugar onde pudesse depositá-lo, mas nunca encontrei nada nem ninguém até achar você. Fui pobre em muitos sentidos, Annabelle. Talvez, parando para pensar, até azarado. Porém tive sorte no mais importante. Naquela noite, depois dos fogos de artifício, você me disse o seu nome, e eu disse o meu. Aí você me encarou com olhos atentos:

– Benjamin Kierney, quer sair comigo um dia desses?

Fiquei tão atordoado que nem consegui responder. Você pareceu achar graça. Então se levantou com um sorriso e disse:

– Bem, talvez um dia você queira.

Depois disso, o restante da minha vida parece não fazer diferença – onde eu trabalhei, os lugares onde morei, minha opinião sobre certos assuntos. Havia você, Annabelle. Só você. Estou quase chegando ao final da página e percebo que posso resumir minha vida antes de chegar à última linha.

Estou há 37 anos neste mundo e passei boa parte deles sendo um tolo. No final, decepcionei você, como sempre temi.

Sinto muito por tudo.

Em terra

LeFleur tomou rápido o restante do café e desligou o motor do jipe. O céu matinal não tinha nuvens, e segundo a previsão seria um dia quente, abafado.

Enquanto carregava sua pasta até a porta da frente da delegacia, ele já pensava nas horas livres que teria para continuar a leitura do caderno. Mal tinha começado quando Patrice o interrompera. Mas havia lido o suficiente para saber que algo estranho acontecera naquele bote, quando descobriram um homem boiando no mar:

Nina tocou o ombro dele e disse:
– Bem, graças ao Senhor encontramos você.
E foi aí que o homem finalmente se manifestou.
– Eu sou o Senhor – sussurrou ele.

LeFleur já tinha ficado perplexo com a mera existência do caderno – e todas as perguntas que ele levantava sobre o naufrágio do *Galáxia* –, mas, agora, sentia a necessidade de descobrir a reação dos passageiros àquela autoproclamada divindade. LeFleur possuía uma longa lista de reclamações que desejava apresentar para Deus caso os dois se encontrassem um dia. Duvidava muito que o Senhor iria gostar de ouvi-las.

Ele pensou em Rom, que ficara de encontrá-lo ali por volta de meio-dia. *O cara não tem nem celular.* Quando abriu a porta da delegacia, dois sujeitos se levantaram de imediato. Um deles era um homem bem grande, usando um terno azul-marinho e camisa com a gola aberta. E o outro era alguém que LeFleur reconheceu no mesmo instante. Seu chefe, Leonard Sprague. O comissário.

– Jarty, precisamos conversar – disse Sprague.

LeFleur engoliu em seco.

– Na minha sala? – sugeriu.

Então se recriminou por soar na defensiva.

Sprague era um homem mais velho e inchado, careca e barbudo. Ocupava o cargo havia mais de uma década. Normalmente, ele e LeFleur se encontravam na sede da polícia, de dois em dois meses. Aquela era sua primeira visita à delegacia local.

– Pelo que eu entendi, você encontrou um bote do *Galáxia* – começou ele.

LeFleur concordou com a cabeça.

– Eu ia começar a escrever o meu relatório...

– Onde? – interrompeu o outro homem.

– Como é?

– Onde você encontrou o bote?

LeFleur forçou um sorriso.

– Desculpa, não sei o seu nome...

– Onde? – repetiu o homem, irritado.

– Responde, Jarty.

– Na costa norte – disse LeFleur. – Em Marguerita Bay.

– Ele continua lá?

– Sim. Pedi pro pessoal local...

Mas o homem já havia se levantado e seguia para a porta.

– Vamos! – bradou ele por cima do ombro.

LeFleur se virou para Sprague.

– Que diabos está acontecendo? – sussurrou ele. – Quem *é esse cara*?

– Ele trabalha pro Jason Lambert – disse Sprague, esfregando o dedão contra os outros dedos.

Dinheiro.

SETE

Noticiário

APRESENTADOR: *Esta noite, Tyler Brewer encerra sua série em homenagem às vítimas do iate Galáxia com o perfil de um nome famoso da natação que, tragicamente, desapareceu no mar.*

REPÓRTER: *Obrigado, Jim. Era na água que Geri Reede se sentia mais à vontade. Aos 3 anos, ela nadava em uma piscina pública em Mission Viejo, na Califórnia. Antes de completar 10 anos, já competia em eventos nacionais. Geri, que se descrevia como "rata de piscina" e era filha de uma professora de natação e de um oceanógrafo, se qualificou para a equipe olímpica americana aos 19 anos. Ela participou dos Jogos em Sydney e ganhou uma medalha de ouro na modalidade nado peito e duas de prata em competições de revezamento. Quatro anos depois, voltou à equipe e conquistou uma medalha de prata em Atenas antes de se aposentar do esporte e iniciar o trabalho como embaixadora da ONU no combate à fome.*

Aos 26 anos, Reede decidiu se aventurar na faculdade de medicina, mas desistiu após dois semestres. Depois de declarar que se sentia "inquieta" sem competir nos esportes, ela integrou a equipe do iate Atena, que disputou a regata America's Cup.

Passado um tempo, Reede se juntou a uma empresa de produtos fitness e criou a Water Works!, uma linha de cuidados de saúde voltada para atletas, que virou um sucesso absoluto. O marcante cabelo louro espetado de Reede e seu estilo inteligente, ainda que um pouco direto, fez com que ela ganhasse fãs e participasse das campanhas de marketing da Water Works!.

Apesar de Geri Reede nunca ter se casado nem tido filhos, ela frequentemente falava sobre a importância de aulas de natação para crianças. "O medo da água é um dos primeiros que sentimos", disse ela em certa ocasião. "Quanto mais rápido o superarmos, mais rápido aprenderemos a superar outros."

Reede tinha 39 anos quando desapareceu com os demais passageiros a bordo do Galáxia.

"Geri era uma pioneira e uma inspiração para jovens mulheres em todo o mundo", disse Yuan Ross, porta-voz da equipe olímpica de natação dos Estados Unidos. "Ela era o tipo de pessoa que todos queriam ter por perto, tanto na piscina quanto na vida. Sua perda é uma tragédia."

No mar

~~~~~~~~~~~~~~~~~~~~~~~~~~~~~~~~~~~~

Minha querida Annabelle. Faz dias desde a última vez que escrevi. Uma fraqueza tomou conta do meu corpo e da minha alma. Mal consigo levar a caneta ao papel. Muitas coisas aconteceram, e há algumas que ainda não consigo aceitar.

No nosso décimo nono dia, a fome e a sede tinham nos dominado completamente. Comemos todas as partes comestíveis do pássaro. Geri juntou uma porção da carne em uma tentativa de pescar. Ela improvisou um gancho com um ossinho da asa e jogou a linha na água. Por mais exaustos que estivéssemos, nos aproximamos para assistir.

Então Yannis gritou:

– Olhem!

Ao longe, nuvens cinza se acumulavam, com uma mancha escura em formato de funil tocando o mar.

– Chuva – disse Geri com a voz rouca de desidratação.

Nós nos empolgamos com a ideia de água fresca. Porém o vento começou a soprar com força. As ondas se intensificaram. Nós subíamos e descíamos, subíamos e descíamos, o chão do bote batendo a cada ciclo.

– Se agarrem em alguma coisa! – berrou Yannis.

Geri, o Senhor e eu enroscamos os braços em volta da corda

de segurança. Lambert se enfiou embaixo da cobertura de lona, assim como Nina, Alice e Jean Philippe. O bote balançava feito um brinquedo de parque de diversões. Nós não éramos sacudidos daquele jeito desde a noite em que o *Galáxia* afundou. O céu escureceu. Começamos a subir acentuadamente. Vi Geri observando algo atrás de mim. Seus olhos se arregalaram.

– Segura firme, Benji! – berrou ela.

Eu me virei bem a tempo de ver uma onda gigantesca se abrir atrás de nós, como a boca de um monstro marítimo bocejando. Fomos sugados para dentro dela, inclinados até quase virar. Então uma avalanche de água branca desabou lá de cima, e segurei a corda com toda a minha força. Em meio à agitação borbulhante, vi um corpo voar de debaixo da lona e cair na água.

– Nina! – berrou Yannis.

Um segundo se passou. Dois. Três. Por um momento, o bote se estabilizou. Ouvi a voz de Nina pedindo ajuda. Onde ela estava?

– Ali! – gritou Geri. – À esquerda!

Antes de eu conseguir reagir, Yannis tinha se jogado na água e nadava na direção dela.

– Não, Yannis! – gritei.

Outra onda nos ergueu, e uma muralha de água despencou. Esfreguei os olhos para secá-los. Ao longe, vi a cabeça de Nina subindo e descendo. Ela estava a uns 20 metros de distância agora. Outra onda acertou o bote. Vi que Geri tentava remar e cambaleei até ela, berrando:

– Me dá o outro remo!

Mais uma onda. Mais água branca.

– Cadê eles? – berrei, secando os olhos. – Para onde eles foram?

– Ali! – gritou Jean Philippe.

Eles estavam à direita agora, porém mais distantes. Vi Yannis finalmente alcançar Nina. Vi os dois se abraçarem. Juntos, eles submergiram, depois voltaram à tona. Então outra onda nos atingiu. Depois outra. E aí os perdi de vista.

– Geri! – gritei. – O que a gente faz?
– Rema! – berrou ela.
– Para onde?

Ela balançou a cabeça. Pela primeira vez, ela não tinha uma resposta para dar, porque não havia o que responder. Yannis e Nina sumiram de vista. Remei feito um louco, assim como Geri, atravessando as ondas que quebravam ao nosso redor. O vento batia com tanta força no meu rosto que as lágrimas escorriam. Eu mal conseguia enxergar. Parecia que estávamos girando o bote feito um toca-discos.

Não vimos mais os dois. Após 10 minutos, meus músculos enfraquecidos gemeram de dor. Caí para trás, choramingando um "Não!", e fui imediatamente ensopado por outra onda, como se ela quisesse me calar. O vento uivava. A água no fundo do bote alcançava nossos tornozelos. Os demais continuavam agarrados à corda e fitavam o horizonte, evitando trocar olhares que diziam o óbvio. Mais dois tinham sido levados. Mais dois haviam partido. Eu conseguia ouvir a provocação no rugido tormentoso do oceano. *Vocês nunca irão escapar. Serão todos meus.*

Ninguém falou nada por horas. A tempestade passou, a chuva nunca nos alcançou e o sol voltou pela manhã como um demônio incansável, batendo o ponto para o seu expediente diário. Nós olhávamos para nossos pés. O que havia a dizer? Cinco mortos naquele bote salva-vidas, além das dezenas de vidas perdidas na noite em que o *Galáxia* afundou. O mar estava nos colecionando.

Lambert murmurava frases incoerentes de vez em quando, falando coisas sem sentido sobre telefonemas e "Segurança! Chamem a segurança!". Eu o ignorava. A pequena Alice se enroscava em Geri, apertando seu braço. Pensei na manhã em que a Sra. Laghari penteou o cabelo de Alice, lambendo os dedos e alisando suas sobrancelhas, as duas sorrindo e se abraçando. Aquilo parecia ter acontecido anos atrás.

E quanto a Nina? Pobre Nina. Desde o momento em que a conheci no *Galáxia*, ela parecia acreditar no melhor das pessoas, e morreu acreditando que o desconhecido no bote a salvaria. Ele não fez isso. Ele não fez nada. De que outras provas precisávamos para desmentir a sua farsa? Uma vez, ela me contou que tinha perguntado ao Senhor sobre preces. Ele dissera que todas as preces eram ouvidas, "mas, às vezes, a resposta é não".

Imagino que Nina tenha recebido um não. Isso me enfurece. Quando olho com raiva para o homem, ele devolve meu olhar com uma expressão tranquila. Não consigo imaginar o que ele sente ou pensa, Annabelle. Ou se sente e pensa qualquer coisa. Quando tínhamos comida, ele comia. Quando tínhamos água, ele bebia. Sua pele está esfolada e cheia de bolhas como a nossa. Seu rosto está encovado e mais ossudo do que quando o encontramos. Mas ele não reclama de nada. Não parece estar sofrendo. Talvez a ilusão seja a sua melhor aliada. Todos nós buscamos por algo que nos salve. Ele acredita que esse algo é ele mesmo.

Quando acordei ontem de manhã, encontrei Geri mexendo no kit para consertar furos.

– O que você está fazendo? – murmurei.

– Preciso tentar reparar o fundo do bote, Benji – disse ela. – Não temos pessoas suficientes pra remover a água. Vamos afundar.

Concordei com a cabeça, cansado. Desde o ataque dos tubarões, que abriu um buraco na câmara inferior de flutuação, um de nós fica de plantão jogando água para fora do fundo inclinado do nosso bote. É uma tarefa interminável, cansativa, tolerável apenas porque revezamos. Mas Lambert é lento e, ultimamente, anda desorientado. A pequena Alice tenta, mas se cansa rápido. Então só restamos eu, Geri, Jean Philippe e o Senhor. Mesmo juntos, não temos mais tanta força.

– Os tubarões, dona Geri – protestou Jean Philippe. – E se eles voltarem?

Geri entregou um remo para ele e o outro para mim.

– Batam com força – disse ela. Ao ver a minha reação, ela baixou a voz. – Benji, não temos outra opção.

Esperamos até o sol estar alto, quando era menos provável que os tubarões estivessem procurando comida. Com Jean Philippe e eu inclinados sobre as laterais, os remos erguidos feito dois sentinelas exaustos, Geri respirou fundo e pulou na água.

Passamos a próxima hora como se estivéssemos sentados em uma casa escura, esperando um assassino se revelar. Ninguém falou nada. Nossos olhos percorriam a superfície da água. Geri voltava à tona, mergulhava e voltava de novo. Ela encontrou o buraco, que disse ser pequeno, mas, embaixo da água, a cola e os remendos eram inúteis.

– Vou tentar usar o selante e costurar – disse ela.

De novo, ficamos focados no mar. Após 20 minutos, Geri falou que tinha consertado tudo que podia. Então mergulhou de novo.

– O que ela está fazendo agora? – perguntei.

Ela retornou com as mãos cheias de algas e crustáceos. Então os jogou no bote e a puxamos para dentro.

– Tem um... ecossistema inteiro... no fundo do bote – contou ela, ofegante. – Cracas. Sargaço. Vi peixes, mas eles saíram nadando... rápido demais... Estão comendo as coisas que crescem no fundo.

– Isso é bom, né? – perguntei. – Os peixes. Talvez a gente consiga pegar um.

– É... – Ela concordou com a cabeça, ainda sem fôlego. – Mas... os tubarões também estão atrás deles.

Agora, Annabelle, preciso compartilhar uma última coisa antes de descansar. Escrever me cansa muito. Raciocinar. Pensar sobre qualquer coisa além de água e comida. Ajudei Geri a inflar a câmara de flutuação consertada. Levamos uma hora. Em seguida, nós dois fomos nos deitar sob a lona. Até isso foi exaustivo.

Apesar dos pesares, ontem à noite, em um momento abençoado, testemunhamos algo sobrenatural. Foi depois da meia-noite. Enquanto eu dormia, percebi algo através das minhas pálpebras fechadas, como se alguém tivesse acendido a luz. Ouvi alguém arquejar e abri os olhos, deparando-me com uma visão completamente fantástica.

O mar inteiro brilhava.

Sob a superfície, havia trechos iluminando a água do mar feito um milhão de luzinhas, lançando um brilho branco-azulado digno da Disney até o horizonte. O mar estava completamente imóvel, e o efeito era incrível. Era tão lindo que me perguntei se minha vida tinha acabado e aquilo era o que acontecia em seguida.

– O que é isso? – perguntou Jean Philippe.

– Dinoflagelados bioluminescentes – disse Geri. – São um tipo de plâncton. Brilham quando são incomodados. – Ela fez uma pausa. – Mas não deveriam existir tão longe da costa.

– Em toda a minha vida – comentou Jean Philippe com um tom maravilhado – eu nunca vi algo parecido com isso.

Olhei para o Senhor. A pequena Alice dormia ao seu lado.

Acorda, criança, eu queria dizer. *Veja algo maravilhoso antes de todos nós morrermos.*

Não fiz isso. Na verdade, mal me mexi. Eu não conseguia. Continuei olhando para o mar brilhante, embasbacado. Naquele momento, percebi a minha insignificância mais do que em qualquer outro instante da vida. É preciso muita coisa para você se sentir grande neste mundo. Mas basta um oceano para você se sentir minúsculo.

– Benji – sussurrou Jean Philippe para mim. – Você acha que o Senhor criou isso?

– O *nosso* Senhor? – murmurei, apontando para trás com a cabeça.

– Sim.

– Não, Jean Philippe. Não acho que ele tenha criado isso.

Vi a luz azul refletida em suas pupilas.

– Algo deve ter criado.

– Algo – repeti.

– Algo magnífico – acrescentou ele.

E sorriu.

O bote oscilava de leve na água.

Na manhã seguinte, Jean Philippe havia partido.

Em terra

LeFleur e o comissário Sprague observaram o homem de blazer azul se aproximar do bote laranja. Na areia, LeFleur alternava o peso entre as pernas. *Esse cara não teria como saber sobre o caderno, teria?*
— Acha que alguém do *Galáxia* conseguiu entrar nesse bote? — perguntou Sprague.
— Vai saber — disse LeFleur.
— É um jeito bem merda de morrer.
— Pois é.
O celular de LeFleur tocou. Ele olhou para a tela.
— É da delegacia — explicou. Ele virou o corpo e levou o telefone à orelha, sem tirar os olhos do homem perto do bote. — Katrina? — atendeu ele, falando baixo. — Estou ocupado agora...
— Tem um homem aqui, esperando por você — informou a assistente. — Faz um tempo que ele chegou.
LeFleur olhou para o relógio. *Droga*. Rom. Tinha pedido a ele que chegasse ao meio-dia. LeFleur observou o homem de blazer azul se inclinar para dentro do bote e passar a mão pelas laterais, perto do bolso agora vazio. Ele estava parando a mão ali? Tinha notado alguma coisa?
— Jarty? — chamou Katrina.

– Hum?

– Ele pediu um envelope. Tudo bem?

– Aham, aham, claro... – murmurou LeFleur.

O homem de blazer se empertigou.

– Precisamos tirar isto daqui! – berrou ele. – Vocês conseguem arrumar uma caminhonete?

– Imediatamente! – berrou Sprague de volta, acenando com um dedo para LeFleur.

– Preciso desligar, Katrina – disse LeFleur. – Fala pro Rom não sair daí.

OITO

No mar

Encontrei isto no meu caderno na manhã em que Jean Philippe desapareceu:

Querido Benji,

Enquanto você dormia, eu refleti muito. Coloquei a mão no mar para tocar a luz azul. De repente, vi um peixe enorme. Ele nadava perto do bote. Peguei o remo e esperei. Ele voltou, e o acertei com força. No lugar certo. Ele parou de nadar, e eu o tirei da água.

Fiquei feliz porque havia peixe para comer. Mas triste por tê-lo matado. Não quero mais viver neste mundo tomando as coisas, Benji. Quero que a última coisa que eu faça seja doar. Você e os outros, por favor, comam o peixe. Permaneçam vivos. Quero ficar com a minha Bernadette. Sei que ela está segura. Acho que, ontem à noite, ela me mostrou o Paraíso. Ela está dizendo que Deus espera por mim.

Rezo para que você chegue em casa. Deixei o peixe na bolsa de emergência.

Que o Senhor te proteja, meu amigo.

Fechei o caderno e baixei a cabeça. Chorei tanto que meu peito começou a doer, mas meus olhos continuaram secos como o deserto. Eu me tornei tão vazio, Annabelle, que não tenho água nem para as lágrimas.

Isso foi ontem. Quando contei para Geri, ela pegou o caderno, leu as palavras, devolveu-o para mim e foi direto para a bolsa de emergência.

O peixe era grande, como Jean Philippe havia prometido.

– Um dourado – disse Geri.

Usando a faca, ela rapidamente separou o que era comestível, o que era útil e as sobras inúteis. Nós cinco comemos uma parte na mesma hora. (Nós cinco? É isso mesmo?) Então Geri usou um pedaço da linha de pesca para pendurar o restante da carne. Ela vai secar no sol e nos alimentar por mais um ou dois dias.

Eu olhava fixamente para aqueles pedaços, me sentindo triste por Jean Philippe, quando o Senhor deslizou até mim e se apoiou na borda do bote. Seu cabelo despenteado estava molhado e brilhante, a barba escura já bem espessa.

– Você soube sobre o Jean Philippe? – sussurrei.

– Eu sei de tudo.

– Como pôde deixar que ele tirasse a própria vida? Por que não o convenceu a mudar de ideia?

Ele olhou dentro dos meus olhos.

– Por que *você* não fez isso?

Comecei a tremer de raiva.

– Eu? Eu não tinha como! Eu não sabia! Ele tomou a decisão sozinho!

– Pois é – disse o Senhor em um tom tranquilo. – Ele tomou a decisão sozinho.

Eu encarei com raiva aquele desconhecido arrogante, delirante, que gostava de fingir que manipulava o mundo. Naquele instante, só senti desprezo.

– Se você fosse mesmo Deus – falei, irritado –, teria detido Jean Philippe.

Ele olhou para o mar e balançou a cabeça antes de dizer:

– Deus *começa* as coisas. O ser humano as detém.

Em terra

LeFleur seguia rápido pela estrada principal da ilha em seu jipe. O carro com Sprague e o homem de blazer azul vinha atrás. Logo depois, estava a caminhonete com o bote.

O celular de LeFleur tocou outra vez.

– Sim, Katrina? – bradou ele, imaginando que fosse da delegacia.

– Delegado, aqui é Arthur Kirsh, do *Miami Herald*. Nós conversamos ontem à noite.

LeFleur bufou. Ele não precisava daquilo agora.

– Nós não conversamos – corrigiu LeFleur. – E eu não quero...

– Tivemos a confirmação de que um bote salva-vidas do *Galáxia* foi encontrado em Monserrat e que o senhor esteve envolvido na descoberta.

– Isso não é verdade! Eu só recebi um chamado.

– Então ele *foi* encontrado?

Droga, pensou LeFleur. Aqueles caras eram cheios de truques.

– Se quiser alguma informação, fale com o comissário de polícia.

– Foram encontrados restos mortais? Dos passageiros?

– Como eu disse, senhor Kirsh, ligue para o comissário de polícia.

– O senhor está ciente de que o pessoal da Sextant vai mandar uma equipe para a sua ilha?

– De onde?

– Da Sextant Capital. A empresa do Jason Lambert. E, se eu chegar aí amanhã, onde poderei encontrar o senhor?

– Procure o comissário de polícia – rebateu LeFleur. – E não me ligue mais.

Ele desligou e olhou para o relógio. Três da tarde. Três horas depois do horário combinado com Rom. Não havia nada que pudesse fazer. Primeiro, LeFleur teve que passar na sede e explicar para Sprague por que não ligara imediatamente com a notícia ("Era domingo, Lenny!") e como encontrara o bote ("Um cara o achou em Marguerita Bay.") Sprague não ficou nada feliz. Ele disse que os jornalistas iriam querer falar com o tal cara, então era melhor LeFleur encontrá-lo primeiro.

– Não vai estragar tudo, Jarty. Isso pode fazer uma diferença imensa pra Monserrat.

– Como assim?

– O turismo vai de mal a pior. Só quem vem pra cá agora são os esquisitões que querem fazer um tour da morte na zona de exclusão coberta de cinzas. Esta é a nossa chance de mudar isso.

– Como?

– Mudando a história. Deixando Monserrat ser conhecida por alguma coisa além do vulcão. Aquele cara era rico, Jarty. Todos os amigos dele eram ricos. E famosos. Muita gente vai prestar atenção nisso.

LeFleur ficou perplexo.

– Morreu gente naquele bote, Lenny. Não dá pra atrair turistas por causa de uma coisa dessas.

Sprague inclinou a cabeça.

– Como você sabe que morreu gente no bote?

– Eu... não sei – gaguejou LeFleur. – Só presumi...

– Não presuma nada, ok? Só traz pra mim o cara que encontrou o bote.

◈

Quando LeFleur chegou à delegacia, sua cabeça estava no caderno e nas páginas que havia lido. Pensou no estranho no bote, que se recusou a salvar os outros.

Só poderei fazer isso quando todos aqui acreditarem que sou quem digo que sou.

LeFleur empacou nessa parte. Ele próprio parara de contar com Deus logo depois da morte da filha. Não havia espaço na sua vida para uma força benevolente que não era benevolente com meninas de 4 anos. Rezar era jogar tempo fora. Ir à igreja era jogar tempo fora. Pior ainda: era uma fraqueza. Uma muleta para permitir que você pese suas desgraças em uma balança imaginária que será analisada quando você morrer. Que bobagem. Agora LeFleur acreditava que você podia ou fugir de um vulcão ou permanecer e dar uma banana para ele.

Quando entrou na delegacia, Katrina estava desligando o telefone. Ela parecia nervosa.

– Você chegou. Eu estava tentando te ligar!

– Desliguei o celular. Um repórter estava me enchendo o saco.

– O homem foi embora.

– O Rom?

– Ele não me disse como se chamava. Passou duas horas sentado na varanda. Ofereci um refrigerante, e ele aceitou. Mas, quando voltei, ele tinha sumido.

– Aonde ele foi?

– Não sei, Jarty. Ele estava descalço. Para onde iria? Tentei te ligar umas dez vezes!

LeFleur correu para a porta e gritou:

– Vou atrás dele!

Katrina se exaltava por nada e ele não tinha tempo para lidar com isso. Colocou sua pasta no banco do passageiro e subiu no jipe. Rom. Ele estava começando a desejar que nunca tivesse conhecido aquele sujeito.

No mar

Vimos um avião hoje.

Geri foi a primeira a avistá-lo. Estamos tão fracos que passamos boa parte do dia deitados embaixo da lona, dormindo e acordando. Geri havia ido para o fundo do bote a fim de dar outra olhada inútil no destilador solar. Ela observou o céu, protegendo os olhos com a mão.

– Avião – anunciou, rouca.

– O que você disse? – murmurou Lambert.

Geri apontou para cima.

Lambert girou o corpo e apertou os olhos. Quando viu, tentou ficar de pé, algo que não fazia há dias.

– Ei...! Estou aqui! Estou aqui!

Ele tentou acenar com os braços, que caíam feito halteres pesados.

– Está alto demais – disse Geri.

– O sinalizador! – sugeriu Lambert.

– Alto demais – repetiu Geri. – Não vão ver.

Lambert se lançou no fundo do bote, na direção da bolsa de emergência. Geri pulou atrás dele.

– Não, Jason!

– O sinalizador!

— É um desperdício!

Eu estava exausto demais para me mexer. Fiquei alternando entre olhar para os dois e para o céu. Mal conseguia enxergar o avião. Era como procurar um pontinho correndo entre as nuvens altas.

— Eles vieram por minha causa, droga! — berrou Lambert.

Ele empurrou Geri para trás e esvaziou a bolsa no chão.

— Não, Jason! — gritou Geri.

Mas Lambert já tinha encontrado a pistola sinalizadora. Ele balançou o braço para cima e atirou, desequilibrado, e o sinalizador disparou horizontalmente para a superfície do mar, uma luz rosa-choque que chiou ao cair na água, a uns 40 metros de distância.

— Outro! — berrou Lambert. — Me dá outro!

— Para, Jason! Para!

Ele estava ajoelhado, revirando os itens no chão, atirando-os para o lado em busca de outra lata. Sua barriga subia e descia.

— Estou aqui, estou aqui — repetia ele sem parar.

Geri viu os dois fachos restantes e pulou em cima deles. Ela os apertou contra o peito e se arrastou para a borda do bote.

— Me dá isso aqui! — Lambert caiu de joelhos, indo atrás dela. — Me dá agora...

Do nada, o Senhor se jogou em cima dele, arremessando-o para trás com toda a força dos seus ombros. Ele se moveu tão rápido que nem o vi se aproximar.

Lambert gemeu de dor. O Senhor ajudou Geri a se ajoelhar, depois se virou para mim com toda a calma do mundo e disse:

— Benjamin. Guarda essas coisas de volta na bolsa.

Ergui os olhos para o céu. O avião havia desaparecido.

Eu me dei conta de que não escrevi sobre a pequena Alice. Às vezes, pessoas quietas passam despercebidas, como se a ausência de palavras as tornasse invisíveis. Mas ser quieta e ser invisível não são a mesma coisa. Eu pensava nela em boa parte do tempo. Por mais que eu não consiga aceitar minha própria morte, é a possibilidade da morte dela o que mais me assombra.

Quando havia mais de nós – e tínhamos energia –, confabulávamos sobre de onde Alice poderia ter vindo. Lambert não a reconhecia, mas, por outro lado, ele não conhecia muitas das pessoas no seu iate, incluindo eu. Yannis disse que, naquela tarde de sexta-feira, uma banda de rock havia chegado em um helicóptero e ele se lembrava de ver crianças. Talvez ela fizesse parte desse grupo.

Nós a interrogamos muitas vezes: "Qual é o seu nome?", "Como sua mãe se chama?" e "Onde você mora?". Ela parece incapaz de se comunicar. Ao mesmo tempo, está ciente de tudo. Seus olhos até se movem mais rápido que os nossos.

Falando dos seus olhos, eles têm cores diferentes. Um é azul-claro e o outro, castanho. Já ouvi falar sobre essa condição – Geri sabia como se chama, mas esqueci –, porém é a primeira vez que vejo pessoalmente. O efeito disso é tornar o seu olhar um tanto inquietante.

No geral, esse olhar é reservado para o Senhor. Ela fica perto dele, como se soubesse que ele irá protegê-la. Penso nas lições que aprendi na igreja, sobre Jesus e as crianças e como o reino dos céus pertence a elas. O padre costumava repetir esse versículo, e minha mãe esfregava meus ombros enquanto o escutava. Naquele momento, eu me sentia protegido de todo mal. Não há fé como a fé de uma criança. Não tenho coragem de dizer a Alice que ela a depositou na pessoa errada.

Já é manhã agora. Desculpe, Annabelle. Caí no sono com o caderno no colo. Preciso tomar mais cuidado. Eu poderia deixá-lo cair no assoalho molhado do bote e o texto se tornaria ilegível. Geri tinha um saco plástico na mochila, e comecei a guardá-lo lá, para proteger melhor. Nunca sabemos quando uma onda vai nos encharcar. Ou quando eu vou parar de acordar.

Faz três dias que Jean Philippe se foi. Já comemos toda a carne do peixe que ele nos deixou. Geri pegou mais crustáceos e algas do fundo do bote, que contêm pequenos camarões que devoramos. São porções ínfimas. Menos que uma bocada na vida real. Mas os saboreamos como se fosse uma refeição, mastigando aos poucos, sem engolir pelo máximo de tempo possível, pelo menos para nos lembrarmos de como é comer.

A água potável continua sendo o maior problema. Geri tentou usar o destilador solar de mil formas. Ele não funciona. Sem água, estamos caminhando para a morte. Ontem à noite, abri os olhos e vi as costas largas e carnudas de Lambert apoiadas na lateral do bote. No começo, achei que ele estava vomitando, apesar de nenhum de nós fazer isso há um tempo. Mas então vi sua cabeça pender para trás e seu braço se erguer até a boca. Na minha confusão sonolenta, não pensei muito sobre o que estava acontecendo. Mas, hoje de manhã, contei a Geri, e ela se inclinou sobre o lugar onde Lambert dormia agora, como se procurasse alguma coisa. Por fim, ela deu um tapinha no meu ombro e apontou. Ali, parcialmente escondido pela perna esquerda dele, estava o balde.

– Ele está bebendo água do mar – sussurrou Geri.

Noticiário

APRESENTADOR: *Temos notícias a respeito de um dos acidentes marítimos mais trágicos dos últimos tempos. A reportagem é de Tyler Brewer.*

REPÓRTER: *Faz quase um ano que o iate Galáxia, de Jason Lambert, naufragou no Atlântico Norte, a 80 quilômetros da costa de Cabo Verde. Hoje, um boletim da ilha caribenha de Monserrat, a quase 3.700 quilômetros de distância, informou que um bote salva-vidas do Galáxia encalhou na sua costa. O bote em si estava vazio, mas peritos marítimos contratados pela empresa de Jason Lambert, a Sextant Capital, o estão analisando em buscas de pistas sobre quem poderia tê-lo ocupado e se ele contém alguma informação sobre o que aconteceu com o Galáxia naquela noite.*

Acredita-se que 44 pessoas pereceram na tragédia, incluindo lideranças da política, dos negócios, das artes e da tecnologia. A descoberta de hoje já renovou pedidos por novas buscas na região em que o Galáxia afundou. Tentativas anteriores tinham sido impedidas pela Sextant Capital, que as chamou de "empreitadas inúteis que só causariam mais sofrimento". Também surgiram questionamentos sobre quem controla aquelas águas internacionais. Ainda não sabemos como os desdobramentos de hoje podem mudar esse cenário.

APRESENTADOR: *Tyler, já se sabe como ou por quem o bote foi descoberto?*

REPÓRTER: *Por enquanto, não. A polícia confirmou apenas que ele foi avistado na costa norte por alguém que estava na praia.*

APRESENTADOR: *E quais são as chances de o bote ter atravessado o oceano inteiro?*

REPÓRTER: *É difícil determinar. Um especialista com quem conversamos disse que seria extremamente improvável, mas que as chances do bote ainda eram muito melhores que as de qualquer um que estivesse dentro dele.*

No mar

Morte.
  Só restam dois agora, Annabelle…
  Tanta coisa aconteceu. Eu queria…
  Querida Annabelle…
  Adeus, Annabelle…
  Deus é pequeno.

Em terra

– O que você quer de mim, Lenny? Não posso fazer o cara se materializar aqui!

LeFleur bateu o telefone no gancho. Três dias sem qualquer sinal de Rom. *Eu devia tê-lo trancado num quarto de hotel.* Os jornalistas estavam atrás do "homem que achou o bote". Como não o encontravam, perturbavam LeFleur. Alguns deles o esperavam na delegacia todas as manhãs.

Sprague estivera certo sobre uma coisa: o interesse sobre aquela história era insano. Além de um ex-presidente americano, alguns bilionários do setor de tecnologia, uma banda de rock, alguns atores famosos e uma repórter de TV também tinham morrido no *Galáxia*. Todos tinham fãs e seguidores – seguidores fanáticos, como LeFleur descobriu, com base nas incessantes ligações, publicações nas redes sociais e perguntas vociferadas pela imprensa, cuja presença na ilha aumentava todos os dias.

LeFleur e sua equipe tinham dedicado muitas horas passando e repassando um pente-fino nas praias da costa norte em busca de quaisquer outros sinais do *Galáxia*. Isso fora ideia de Sprague, apenas para mostrar que estavam fazendo alguma coisa. O que eles achavam? Que só porque um bote havia miraculosamente atravessado o Atlântico o restante do barco apareceria?

É claro que existia uma coisa que chegara à ilha sem que ninguém mais soubesse: o caderno. LeFleur o escondera em uma pasta antiga, em casa. Era arriscado demais levá-lo para o trabalho. Todas as noites, ele esperava até terminar de jantar com Patrice e os dois se prepararem para dormir. Depois que ela caía no sono, ele ia de fininho até o andar de baixo e continuava a leitura.

Seu estômago embrulhado era um sinal de que ele estava infringindo regras – as regras rígidas do protocolo da polícia e as regras implícitas de um casamento em que havia confiança um no outro. Mas o caderno era como uma droga. Ele ficava enfeitiçado quando o lia e precisava saber como a história acabava. As páginas eram frágeis, e decifrar a letra exigia enorme esforço. Fazer isso depois da meia-noite só tornava tudo ainda mais cansativo. Ele tinha começado a fazer anotações, criando tabelas para as ações de cada uma das 11 pessoas a bordo do bote. Procurou matérias de jornal antigas sobre os passageiros do *Galáxia*, tentando associá-las aos nomes do relato e se certificando de que aquilo não era uma fantasia mentirosa que um passageiro delirante tinha inventado.

Ele usava essa justificativa como o motivo para manter o segredo. Aquilo tudo poderia ser uma fraude, e, nesse caso, o que ele teria a ganhar ao revelar a existência do caderno? Só confusão e sofrimento. Essa era a história que ele contava a si mesmo, e as histórias que contamos a nós mesmos por tempo suficiente se transformam nas nossas verdades.

⊙

Naquela noite, LeFleur pediu a Katrina que o levasse para casa. Ele queria beber um pouco, e o jipe da polícia chamava atenção demais.

– Tudo bem – disse ela, se levantando. – Vamos?
– Estacione o carro nos fundos.

Enquanto esperava ela dar a volta, ele olhou para a foto em sua mesa: Patrice e Jarty brincando com Lilly sobre uma toalha de praia. Cada um dos pais segurava uma mão da menina enquanto ela erguia os pés no ar, seu rosto exibindo pura alegria. Patrice adorava aquela foto. LeFleur costumava adorá-la também. Mas, sempre que olhava para ela agora, se sentia ainda mais distante da filha, como se um fio tivesse sido cortado e ela flutuasse pelo espaço. Já fazia quatro anos que ela não existia naquele mundo, o mesmo tempo que vivera nele.

Katrina o deixou em um bar perto da casa dele. Assim, ele poderia voltar andando. Ele se sentou, pediu uma cerveja e observou os clientes, vendo que alguns jogavam dominó. Reconheceu uma parte das pessoas e as cumprimentou com um aceno de cabeça. Era um alívio estar longe dos jornalistas estrangeiros. A mente de LeFleur vagou para a história do caderno e o homem que a escrevia. Benji. Benjamin. Um auxiliar de convés. Não um dos passageiros famosos. Nenhum dos repórteres perguntava sobre ele.

De repente, a porta se abriu e um homem entrou. LeFleur soube na mesma hora que ele não era dali. Pelas roupas – calça jeans preta e botas –, pelo jeito como ele olhou ao redor. O olhar dos dois se encontrou por um instante. O homem se sentou perto da janela. LeFleur torceu para ele não ser outro jornalista, tentando se misturar com os locais para se aproximar e fazer perguntas "inocentes".

LeFleur tomou um gole de cerveja. Pegou o homem olhando na sua direção duas vezes. Isso bastou. Ele deixou algumas notas sobre a mesa e saiu, dando uma boa olhada no desconhecido ao fazer isso. Pele clara. Cabelo comprido ensebado, um pouco grisalho. Um rosto cheio de rugas que sugeriam anos de uma vida difícil.

A casa de LeFleur ficava a seis quarteirões de distância. Ele sabia que Patrice estaria à sua espera. Caminhou devagar, respirando o ar quente da noite. Seu celular apitou com uma mensagem de texto. Ele o tirou do bolso e leu:

Conseguiu encontrar o cara? – Lenny

LeFleur bufou ruidosamente. Enquanto caminhava, pensou ter ouvido passos. Ele parou. Virou-se para trás. A rua estava vazia. Continuou andando. Lá estava o ruído de novo. Ele girou o corpo. Ninguém.
Faltavam dois quarteirões até sua casa agora, então aumentou o ritmo. Novamente, ouviu passos, mas resistiu à vontade de olhar. Deixaria que a pessoa se aproximasse antes, para poder identificá--la. Quando ele virou a esquina, sua casa amarela surgiu. LeFleur sentiu os músculos se enrijecerem. Ele estava se preparando para uma briga quando ouviu a voz de um homem dizer:
– Com licença...
Ele se virou. Era o cara do bar.
– Com licença... O senhor é o delegado, certo?
Ele tinha um leve sotaque que LeFleur não conseguiu identificar.
– Olha só – começou LeFleur. – Já contei tudo que eu sei para os outros repórteres. Se quiser mais informações...
– Não sou repórter.
LeFleur analisou o homem de cima a baixo. Ele estava ofegante, como se tivesse ficado cansado com a caminhada por seis quarteirões.
– Eu conhecia alguém. Do *Galáxia*. Ele era meu primo. – O homem soltou o ar com força. – Meu nome é Dobby.

NOVE

No mar

Minha querida Annabelle,
 Desculpe. Assustei você?
 Revejo minha última página. São praticamente só garranchos. Nem me lembro de quando escrevi aquelas palavras. Semanas atrás, talvez. As manhãs e as noites se confundem em sua monotonia agora. Levando em consideração tudo o que aconteceu, esta é a primeira vez que sinto a clareza mental necessária para lhe escrever.
 Estou sobrevivendo à base de cracas e dos pequenos camarões que se prendem ao fundo do bote. Outro dia, um peixe pulou para dentro do bote e foi alimento para três dias. Após uma chuva recente, duas latas foram enchidas com preciosa água potável, que estou racionando, mas é o suficiente para rejuvenescer minhas células, meus órgãos, minha mente. O corpo é uma máquina fantástica, meu amor. Com o mínimo de nutrição, ele consegue voltar à vida. Não à vida plena. Não à vida que eu já tive. Nem mesmo à vida que passei a ter com os outros neste bote salva-vidas.
 Mas estou aqui. Estou vivo.
 Que frase poderosa: *Estou vivo*. Como um mineiro encurralado, que segue respirando por um buraco, ou um homem cambaleando para fora de uma casa em chamas. *Estou vivo*.
 Perdão. Meus pensamentos seguem rumos estranhos. As coisas

estão diferentes agora, Annabelle. O bote ainda segue à deriva no vasto oceano Atlântico. Ainda não existe nada além de águas profundas por quilômetros. O Senhor ainda se senta a alguns metros de distância, tentando me reconfortar.

Mas sobrevivo com tão pouco porque não há ninguém com quem compartilhar os suprimentos agora.

Estou vivo.

Os outros se foram.

Como explicar? Por onde começo?

Talvez por Lambert. Sim. Vou começar com ele, porque tudo começa com ele, e todas as coisas que começam com ele terminam mal.

Da última vez que compartilhei notícias com você, escrevi que ele estava tomando água do mar. Geri havia nos alertado contra isso muitas vezes, mas imagino que tenha chegado o momento em que Lambert não conseguiu mais se controlar. Ele estava sedento, ao seu redor só havia água e mais água, e trata-se de uma pessoa acostumada a ter tudo que quer. Ele esperava escurecer, pegava o balde e, aparentemente, se fartava com o oceano, da mesma forma como tinha se fartado com tantas coisas na vida.

O efeito, após várias noites, era perceptível. Lambert mudou. Ficou incoerente. Como Geri me explicou, a água do mar é quatro vezes mais salgada que a água normal, e, como nosso organismo tende ao equilíbrio, tenta remover o excesso de sal na urina. Só que não consegue. Então quanto mais água do mar você bebe, mais água expele, ao mesmo tempo que retém sal no corpo, o que significa que fica desidratado ainda mais rápido do que se ficasse deitado sob o sol sem beber nada. A desidratação causa uma pane no sistema. Os músculos enfraquecem. Assim como os órgãos. O coração acelera. O cérebro recebe menos sangue, o que pode fazer com que você enlouqueça.

E acho que, olhando para trás, Lambert enlouqueceu mesmo. Ele falava sozinho. Tornou-se letárgico e semiconsciente. Então, numa manhã quente, acordamos com seus berros:

– Saia do meu barco!

Ele apontava uma faca para a cabeça do Senhor.

– Saia do meu barco! – gritava sem parar.

O sol ainda não tinha nascido completamente, e o céu estava riscado de azul-escuro e laranja. As ondas estavam agitadas, e o bote, instável. Confuso e fraco, pisquei várias vezes antes de entender o que acontecia. Vi Geri se erguer sobre os cotovelos e berrar:

– Jason! O que você está fazendo?

Metade da lona estava rasgada sobre o assoalho do bote. Por algum motivo, Lambert a tinha cortado em pedacinhos.

– Sai... do meu BARCO! – vociferou ele de novo. Sua voz estava tão seca quanto o restante do seu corpo. Ele balançou a faca para um lado e para outro na cara do Senhor. – Você é... inútil! Inútil!

O Senhor não parecia assustado. Ele ergueu as mãos com as palmas viradas para a frente, como se pedisse calma.

– Todo mundo aqui é inútil! – reclamou Lambert. – Nenhum de vocês me levou de volta para casa!

– Jason, por favor – disse Geri, ajoelhando-se –, você não precisa da faca. Vamos. – Eu a vi olhando para a pequena Alice com um ar protetor, posicionando-se entre Lambert e a menina. – Nós todos estamos cansados. Mas vamos ficar bem.

– Ficar bem, ficar bem – zombou Lambert, cantarolando. Ele se virou para o Senhor. – Faça alguma coisa, seu IDIOTA! Chame AJUDA!

O Senhor também olhou para Alice, certificando-se de que ela estivesse segura, então voltou a focar em Lambert.

– Eu sou a sua ajuda, Jason Lambert – declarou ele com delicadeza. – Venha até mim.

– Ir até você? Pra quê? Pra fazer... *nada*? Qualquer um pode não fazer nada! Olha só! Nós todos podemos não fazer nada...! Você não existe! Você é inútil! Você não faz nada! – Sua voz baixou para um sussurro. – Não acredito em você.

– Mas eu acredito em você – disse o Senhor.

Os olhos de Lambert se fecharam. Ele deu as costas, como se estivesse entediado com a conversa. Por um instante, pensei que pudesse cair e desmaiar. Então, tão rápido que mal me lembro de como aconteceu, ele girou o corpo com o braço esticado e passou a faca na garganta do Senhor.

O Senhor levou uma das mãos ao pescoço. Sua boca se abriu. Seus olhos se arregalaram. Como se estivesse em câmera lenta, ele tombou para trás, por cima da lateral do bote, e despencou no mar.

– Não! – gritou Geri.

Eu literalmente parei de respirar. Não conseguia sequer piscar. Fiquei olhando como um animal hipnotizado enquanto Lambert gritava "Pronto!" e soltava a faca. Geri mergulhou para pegá-la e a prendeu sob o corpo, mas, quando fez isso, Lambert se jogou sobre o bote, agarrou a pequena Alice e a lançou no mar.

– Lá vamos nós! – berrou ele. – Lá vamos nós!

Ouvi a pequena Alice cair na água, e meu coração bateu tão forte que martelava nos meus ouvidos. No mesmo instante, Geri pulou atrás dela, me deixando sozinho com Lambert. Ele se ergueu sobre os pés cambaleantes e começou a vir na minha direção.

– Tchauzinho, Benji! – gritou ele.

Eu não conseguia me mexer. Era como se assistisse à cena de fora. Ele foi se aproximando com os olhos injetados, os lábios cobertos pela barba, os dentes amarelados e a língua arroxeada –

tudo tão perto que parecia que iria me engolir. Então se lançou para atingir minha cabeça e, no último instante, mais por covardia que por coragem, me abaixei como se o ar tivesse sido sugado de mim, e ele tropeçou no meu corpo, caindo de barriga no mar.

Meu peito arfava. Minha cabeça latejava. De repente, eu estava sozinho no bote. Girei para a esquerda e para a direita. Vi Geri alcançando a pequena Alice, que se debatia contra as ondas, tendo sido carregada pelas correntes por uns 10 metros de distância. Ouvi Lambert batendo na água do outro lado, gemendo coisas incoerentes. Eu não via o Senhor em lugar algum.

– Benji! – cuspiu Lambert. – Benji, me *ajuda*...

Era a primeira vez que eu o ouvia usar aquela palavra. Vi seu corpo volumoso lutando contra o demônio sob a superfície, o que puxava suas canelas e dizia: *O fim chegou, não resista*. Eu poderia tê-lo deixado ali. Talvez devesse ter feito isso, levando em consideração a indiferença com que ele sempre me tratou. Eu o vi afundar, depois voltar à tona. Mais alguns segundos e ele partiria para sempre. Não haveria mais aquela sua raiva egoísta. Não haveria mais zombarias. E, mesmo assim...

– Benji – gemeu ele.

Pulei para a água.

Eu não entrava no mar desde a noite em que o *Galáxia* afundou, e foi um choque. Minhas pernas estavam tão fracas pela falta de uso que o simples ato de batê-las exigia um esforço extraordinário. Provavelmente era por isso que Lambert, debilitado pela desidratação, não conseguia nadar nem a curta distância que o separava do bote. Fui dando braçadas na sua direção. Ele me viu, mas não me imitou. Seus olhos estavam vidrados, e sua boca, aberta. Eu o vi tomar uma golada de água do mar e mal ter forças para cuspir.

Agarrei seu braço direito e o joguei ao redor do meu pescoço. Ele era tão pesado que eu não sabia se conseguiria levá-lo até o bote.

– Vem – falei. – Bate as pernas... Está bem ali.

Ele resmungou alguma coisa, seu braço esquerdo batendo sem força na superfície da água, como uma nadadeira moribunda.

– Benji – gemeu ele.

– Estou aqui – respondi, rouco.

– Foi... você?

Eu encarei seu rosto, a centímetros do meu. Seus olhos estavam suplicantes. Minhas pernas perdiam a força. Eu não conseguia mais segurá-lo. De repente, sem explicação, ele se soltou do meu braço e me empurrou por trás.

– Ei, não! – gritei enquanto ele se afastava.

Nadei na sua direção. Ele afundou. Tomei fôlego e mergulhei para tentar erguê-lo; ele era um peso ainda mais morto agora. Finalmente consegui trazê-lo à tona, mas seus olhos estavam fechados e sua cabeça pendia para trás. Ele não estava respirando.

– Não! – berrei.

Tentei puxá-lo pela camisa, agarrando seus ombros, seu pescoço, mas ele ficava escapulindo. Então ouvi Geri gritar.

– *Benji! Cadê você?*

Geri. A pequena Alice. Quem as ajudaria a subir no bote? Sem o peso dos passageiros, ele estava se afastando. Olhei para trás, mas não havia sinal de Lambert agora e também não havia sinal do Senhor. O bote laranja era a única coisa que quebrava a monotonia daquele panorama interminável de céu e mar.

Então eu nadei, com meus pulmões explodindo, até alcançar a borda. Tentei me içar para dentro, recordando como tinha sido duro fazer isso na noite em que o *Galáxia* afundou. Estava ainda mais difícil dessa vez. Eu tinha usado o restante das minhas poucas forças indo atrás de Lambert. Todos os meus músculos, dos dedos dos pés até o maxilar, pareciam não reagir.

Força, falei para mim mesmo. Eu tentei. Escorreguei. *Força! A vida está lá dentro. Aqui fora está a morte. Força!* Com um impulso final, me levantei até o pescoço, virei-me de lado, e o peso do meu corpo baixou o bote o suficiente para que eu caísse para a frente, até o restante do meu corpo deslizar para dentro. Precisei erguer minhas pernas com as mãos, de tão exaustas que elas estavam. Mas alcancei o assoalho do bote, e nunca fiquei tão feliz por sentir uma superfície sob mim.

Ouvi Geri chamando meu nome com uma voz fraca e me arrastei para o lado em que ela e Alice subiam e desciam na água.

– Pega ela, pega ela – disse Geri, arfando.

A expressão no rosto da pequena Alice parecia refletir a minha, com a boca aberta, os olhos arregalados e horrorizados. Geri a empurrou para cima, e minhas mãos trêmulas a puxaram para dentro. Ela caiu de costas.

– Você está bem, Alice? – berrei. – Alice? Você está bem?

Ela apenas me encarava. Eu me virei de volta para Geri, cujos braços descansavam sobre a superfície do mar, a cabeça baixa, como uma maratonista que tinha acabado a corrida e refletia sobre a enormidade do percurso. Eu me enchi de admiração por aquela mulher. A cada momento, ela havia demonstrado uma força e uma coragem enormes, o tipo de coragem que eu sonhava ter. Mesmo no meio daquele horror, senti uma onda de esperança, como se, com a ajuda dela, talvez conseguíssemos sobreviver.

– Vem, Geri – falei. – Entra aqui.

– Tá – disse ela, ofegante, erguendo os braços. – Me ajuda.

Eu me firmei contra a lateral do bote, prendendo a corda de segurança ao redor da minha cintura. Então me estiquei para alcançá-la.

De repente, sua expressão mudou. Ela se sacudiu violentamente, jogando a cabeça para a frente.

– O que foi? – perguntei.

Ela olhou para baixo, depois olhou para mim, como se estivesse confusa. Sua cabeça se inclinou e os braços desabaram fracos sobre a água, como se ela tivesse sido desplugada da tomada. Seu corpo caiu de lado. Os olhos se reviraram.

– Geri...? – gritei. – *Geri?*

Uma mancha vermelha começou a escurecer o mar ao redor dela. Seu tronco emergiu brevemente, sem as pernas.

– GERI!

Foi então que vi dois vultos cinzentos circulando o que restava dela. Meu corpo estremeceu quando todos os alertas de Geri ressurgiram na minha mente. *Não remexa a água. Não chame atenção. Não fique no mar por muito tempo.* Os tubarões nunca tinham ido embora. Eles estavam apenas nos rodeando, esperando que cometêssemos um erro.

Virei-me para o outro lado, em choque. Ouvi algo se debatendo na água e protegi a pequena Alice para que ela não visse, não ouvisse, não lembrasse. Rezei para que as feras se satisfizessem com apenas um de nós. É horrível dizer isso, mas, naquele momento, foi o que pensei.

Enquanto eu abraçava a pequena Alice, comecei a chorar ao assimilar tudo que tinha acontecido em um intervalo de poucos e terríveis minutos. Todos estavam mortos. Todos estavam mortos, menos a criança e eu.

– Desculpe! – falei, soluçando. – Não consegui salvar os outros!

Ela observou minhas lágrimas com uma tristeza que me atravessou.

– Todos se foram, Alice! Até o Senhor.

Foi então que a garotinha finalmente falou:

– *Eu* sou o Senhor e nunca vou abandonar você.

DEZ

Em terra

– Meu nome é Dobby.

O coração de LeFleur disparou feito louco. Dobby, o cara do caderno? Dobby, o cara com a mina *limpet*? Dobby, que o autor dizia ser "louco" e "assassino"? Frases surgiram na mente de LeFleur. *Agora entendo por que Dobby queria matá-lo. A ideia de explodir o* Galáxia *foi dele.*

– O que você quer? – perguntou LeFleur, a garganta subitamente seca. Eles se encaravam no meio da rua, a uns 30 metros da casa amarela do delegado. Quando Dobby não respondeu, LeFleur acrescentou: – Eu moro nesta rua. Todos os vizinhos me conhecem. Eles devem estar vigiando pelas janelas agora.

Dobby olhou para as casas, parecendo confuso, então voltou a atenção para LeFleur.

– Meu primo – disse. – Ele se chamava Benjamin Kierney. Estava a bordo do *Galáxia*. Era auxiliar de convés. Eu tinha esperança de que o senhor soubesse o que aconteceu com ele. Ou pelo menos que soubesse mais do que eles nos contam.

– Eles quem?

– O pessoal da Sextant. Os donos do barco.

– O que eles contaram?

– Nada útil. "Todos morreram. Nossas condolências." As besteiras protocolares.

LeFleur hesitou. Que tipo de joguinho aquele cara estava fazendo? Ele sabia o que tinha acontecido. Ele era o culpado. Será que queria sondar LeFleur para ver se *ele* sabia? Seria melhor prender aquele homem agora? Sob quais acusações? E com o quê? Ele não portava arma nem algemas. Não sabia se o cara era perigoso. *Dê uma enrolada. Descubra mais.*

– Era só um bote – disse LeFleur.

– Havia sinais de vida? – perguntou Dobby.

– Como assim?

– Alguma pista de que alguém esteve dentro dele?

LeFleur respirou fundo.

– Escute, senhor...

– Dobby.

– Dobby. Aquele bote deve ter viajado 3 mil quilômetros para chegar até aqui. São 3 mil quilômetros cheios de ondas, tempestades, vento, vida marinha. Que chances alguém teria contra isso tudo? Depois de um ano?

Dobby concordou com a cabeça, como se ouvisse algo que já tinha dito para si mesmo.

– É só que...

LeFleur esperou.

– O meu primo... Ele sempre dava um jeito de superar as dificuldades. Teve uma vida complicada. Muito pobre. Podia ter desistido várias vezes. Mas não desistiu. Quando fiquei sabendo do bote, pensei que, talvez, por mais maluco que pareça, ele tivesse dado um jeito de sobreviver a isso também.

– Você pegou um avião até aqui para tentar descobrir isso?

– Bom... sim. Nós éramos muito próximos.

Um carro entrou na rua, os faróis iluminando os dois. LeFleur foi para a esquerda, Dobby para a direita. Agora, estavam em lados opostos da rua. LeFleur revirou o cérebro em busca de mais detalhes do relato no caderno. Precisava consultá-lo, descobrir tudo sobre o papel que aquele tal de Dobby realmente tivera.

Uma ideia tomou forma em sua mente. Era um risco, mas que outra opção ele tinha?

– Onde está hospedado, senhor Dobby?

– Na cidade. Em uma pousada.

LeFleur olhou para sua varanda, para a luz que a iluminava.

– Quer jantar? – perguntou ele.

Uma hora depois, LeFleur comia um guisado de bode, prato típico de Montserrat, preparado por Patrice, e se obrigava a sorrir enquanto Dobby falava. Patrice tinha encarado tudo com naturalidade. O marido chegara em casa com um viajante estrangeiro. Será que podiam colocar mais um prato na mesa? Não era algo que acontecia com frequência, mas, no fundo, ela achou bom. O isolamento em que viviam desde a morte de Lilly havia tomado a casa feito uma sombra. Qualquer visitante era uma luz.

– Você é de que parte da Irlanda, Dobby? – perguntou Patrice.

– De uma cidade chamada Carndonagh. É bem no norte.

– Sabia que chamam Monserrat de "A Ilha Esmeralda do Caribe"?

– É mesmo?

– É porque ela tem o mesmo formato da Irlanda, a Ilha Esmeralda original. E muitas das pessoas que imigraram pra cá eram irlandesas.

– Bom, eu saí da Irlanda quando era garoto – disse Dobby. – Cresci em Boston.

– Quando você saiu de Boston? – indagou LeFleur.

– Aos 19 anos.

– Para fazer faculdade?

– Não. Estudar não era muito a minha praia. Nem a do Benji.

LeFleur sentia como se o personagem de um livro tivesse ganhado vida. Ele sabia coisas sobre aquele homem que o homem em si ainda não tinha revelado. Precisava ser paciente, ganhar sua confiança.

– O que fez depois disso?

– Jarty – disse Patrice, batendo na mão dele. – Que tal deixar o moço comer?

– Desculpa.

– Não, tudo bem – respondeu Dobby, mastigando um pãozinho. – Fiz um monte de coisas. Tive empregos aleatórios. Viajei por aí. Acabei indo trabalhar com shows.

– Você é músico?

– Bem que eu queria. – Dobby sorriu. – Eu carrego o equipamento. Monto tudo. Desmonto. Um *roadie*, por assim dizer.

– Que divertido – comentou Patrice. – Deve conhecer muita gente famosa.

– Às vezes, sim. Gente famosa não me impressiona.

– E o Exército? – perguntou LeFleur. – Você serviu?

Dobby estreitou os olhos.

– Por que a pergunta?

– Pois é, Jarty – acrescentou Patrice. – Por que a pergunta?

LeFleur sentiu que corava.

– Sei lá – murmurou ele. – Só estou curioso.

Dobby se recostou na cadeira e passou a mão pelo cabelo comprido, oleoso. Então Patrice disse:

– Você é casado?

E a conversa mudou de rumo. Por dentro, LeFleur xingou a si mesmo. Precisava ser mais cuidadoso. Se Dobby suspeitasse que LeFleur sabia o que ele tinha feito, poderia desaparecer da ilha antes de ele conseguir montar um caso. Por outro lado, não havia como simplesmente prender o homem sem provas. Provas implicavam o caderno. O caderno implicava explicar por que o pegara. Seus pensamentos ficaram percorrendo esse triângulo com tanta intensidade que ele perdeu o fio da conversa até ouvir a esposa dizer:

– ... nossa filha Lilly.

LeFleur piscou com força.

– Ela só tinha 4 anos – completou Patrice.

Ela colocou a mão sobre a do marido.

– Pois é – murmurou ele.

– Meus sentimentos a vocês dois – disse Dobby. – Nem tenho palavras pra isso. – Ele balançou a cabeça como se se queixasse de um inimigo em comum. – Maldito mar.

Naquela noite, depois de deixar Dobby na pousada, LeFleur estacionou do outro lado da rua e desligou o motor do carro. Não queria tirar os olhos do homem.

Seu celular vibrou. Uma mensagem. Patrice.

Acabou o café. Passe no mercado.

LeFleur mordeu o lábio. Respondeu a mensagem.

Vim beber com Dobby. Já volto pra casa.

Ele clicou em enviar e suspirou. Detestava mentir para Patrice. Detestava o abismo que agora havia entre eles. O abismo mais recente. No fundo, ele também se ressentia de ver que a esposa aparentemente tinha aceitado a morte de Lilly enquanto ele ainda lutava contra isso. Ela acreditava que era a vontade de Deus, *parte do plano dele.* Deixava uma Bíblia na cozinha e a lia com frequência. Quando fazia isso, LeFleur sentia como se uma porta tivesse sido trancada e ele não conseguisse entrar. Na juventude, havia sido um homem de fé, e, no dia em que Lilly nasceu, teve a sensação de que algo superior abençoava todos eles.

Porém, depois da sua morte, ele via as coisas sob outra perspectiva. Deus? Por que se voltar para Deus agora? Onde estava Deus quando sua sogra caiu no sono na cadeira de praia? Onde estava Deus quando a filha foi engolida pelo mar? Por que Deus não tinha feito os pezinhos dela correrem na outra direção, de volta à segurança, de volta à casa, de volta à sua mãe e ao seu pai? Que tipo de Deus deixa uma criança morrer assim?

Não havia consolo em forças invisíveis, não para LeFleur. Havia apenas aquilo que a vida jogava em seu caminho e a forma como se lidava com isso. E era por esse motivo que o caderno prendia tanto a sua atenção – e o frustrava de vez em quando. Um grupo de pessoas à deriva acha que Deus está no barco? Por que não questioná-Lo? Jogar na Sua cara todos os horrores que Ele permite acontecer neste mundo? LeFleur teria feito isso.

Ele abriu o porta-luvas e tomou um gole demorado da garrafinha de uísque. Então esticou o braço para a pasta sobre o banco, encontrou o caderno, ligou a luz do teto e voltou para a história. Não notou, na janela do segundo andar da pousada, as pequenas lentes dos binóculos pelas quais Dobby o observava.

Já passava de meia-noite quando LeFleur terminou de ler a última página.

Eu sou o Senhor. E nunca vou abandonar você.

Ele deixou o caderno cair no colo. *A garotinha era o Senhor?* Ele procurou por outras páginas, que não existiam. *A garotinha era o Senhor*. Em termos de enredo, isso explicava certas coisas. Porque ela sempre dava sua parte da comida para o desconhecido. Porque não falava. Ela os observava o tempo todo. Zelava por Benji. Mas quem era o homem que alegava ser Deus? E por que ele morreu? Por que a garotinha não o salvou – nem ao restante do grupo?

Ele olhou para o relógio. A data no visor tinha acabado de mudar. Dez de abril.

Ele ficou paralisado.

O aniversário de Lilly.

Sua filha completaria 8 anos naquele dia.

Ele apertou a testa com os dedos e cobriu os olhos com as palmas das mãos. Sua mente se encheu de lembranças da filha. De colocá-la para dormir. De preparar seu café da manhã. De segurar sua mão para atravessarem a rua. Por algum motivo, ele se pegou pensando naquela última cena da história de Benji, na garotinha em seus braços e em como seria a aparência dela. Ele a imaginou como Lilly.

LeFleur saiu do carro, foi até a parte de trás e abriu o porta-malas. Afastou um cobertor azul-claro que cobria o estepe. Lá, dentro da roda, estava algo que ele havia escondido três anos atrás: um bichinho de pelúcia – o canguru marrom e branco de Lilly. Ele o guardara ali na noite em que Patrice recolheu as coisas de Lilly em caixas. Tinha feito isso porque não queria que todas as partes da filha fossem removidas de sua vida. Ele havia escolhido aquele brinquedo porque o dera de presente para Lilly no seu aniversário de 4 anos. Seu último aniversário.

– Papai – dissera Lilly naquele dia, apontando para o bolso na barriga do canguru –, os bebês cangurus ficam aqui.

– Isso mesmo – concordara LeFleur. – É uma bolsa.

– O bebê fica seguro na bolsa? – perguntara Lilly.

– O bebê sempre fica seguro com sua mamãe.

– E com seu papai – acrescentara ela, sorrindo.

Ao se lembrar daquele momento, LeFleur desabou. Chorou tanto que suas pernas cederam. Apertou o canguru contra o peito. Eles não a mantiveram segura. Era tudo culpa deles. LeFleur pensou nas palavras da garotinha no caderno: *Nunca vou abandonar você*.

Mas Lilly os abandonara.

Noticiário

APRESENTADOR: *Mais notícias sobre o trágico naufrágio do iate Galáxia, ocorrido no ano passado. Tyler Brewer traz todos os detalhes.*

REPÓRTER: *Após o anúncio de que um bote salva-vidas do Galáxia havia sido encontrado na ilha caribenha de Monserrat, as famílias das vítimas renovaram seus pedidos por novas buscas no oceano. Hoje, a Sextant Capital, a empresa que pertencera a Jason Lambert, anunciou que expedições serão iniciadas imediatamente. Bruce Morris era sócio de Lambert e está no comando da empresa desde o acidente.*

BRUCE MORRIS: *"Nós acreditamos que as últimas notícias justificam uma investigação mais completa sobre o destino do Galáxia. Começamos uma parceria com a Nesser Ocean Explorations, a maior empresa de exploração em águas profundas do mundo, para iniciar buscas na região de onde partiram as últimas transmissões do Galáxia. Também enviaremos sondas para o fundo do mar. Se houver algo que possa ser encontrado, nós encontraremos."*

REPÓRTER: *Morris alertou que nem sempre essas expedições têm sucesso. E, mesmo que alguma coisa seja achada, é pouco provável que responda a todas as perguntas. Mas as pressões de vários governos e famílias influentes aumentaram desde que o bote surgiu em Monserrat.*

APRESENTADOR: *Já que entramos nesse assunto, Tyler, o homem que descobriu o bote foi localizado?*

REPÓRTER: *Por enquanto, não. A imprensa local pergunta sobre ele todos os dias. Mas, até agora, não recebemos respostas. É uma ilha bem pequena. Então é pouco provável que alguém permaneça escondido por muito tempo.*

Em terra

– Bom dia! – disse LeFleur, animado, quando a porta da pousada se abriu. – Quer dar uma volta?
– Que horas são? – resmungou Dobby, esfregando o rosto.
– Umas oito. Estou indo para a praia onde encontramos o bote. Achei que talvez você quisesse me acompanhar.
Dobby fungou. Ele usava uma camisa preta dos Rolling Stones e um short de corrida laranja.
– Aham – grunhiu ele. – Na verdade, quero sim. Pode me dar uns minutos pra eu me arrumar?
– Claro. Vou esperar no jipe.
LeFleur tinha bolado um plano. Ficaria sozinho com Dobby e depois o confrontaria, perguntando o que sabia. Ele não queria jornalistas por perto. E só havia um lugar onde sabia que isso não aconteceria.
Uma hora depois, LeFleur guiava o jipe pela paisagem escura da zona de exclusão, enquanto Dobby olhava pela janela. A frondosa vegetação verde havia desaparecido, assim como as casas em tons pastel do lado norte da ilha, com tudo substituído por lama e dunas cinzentas, criando um terreno parecido com o da Lua. De vez em quando, o topo de um poste ou de uma casa despontava das cinzas.

A zona de exclusão era a metade morta de Monserrat, uma área feia, vazia, que sugeria o fim de um mundo e o começo de outro. Vinte e quatro anos após a erupção do Soufrière Hills, o lugar permanecia isolado.

– Por que não há outros carros nesta estrada? – perguntou Dobby.

– Só transitam veículos autorizados.

– A praia fica depois daqui?

– Fica – mentiu LeFleur.

Dobby olhou pela janela.

– Há quanto tempo o vulcão explodiu?

– Foi em 1997.

– Aposto que vocês nunca se esqueceram desse ano.

– Não – disse LeFleur. – Nunca esquecemos.

Passado um tempo, o jipe chegou a Plymouth, anteriormente a maior cidade da ilha. Quatro mil pessoas moravam ali. Lojas e restaurantes prosperavam. Agora, como Pompeia, Plymouth era definida por suas ruínas cinzentas. Por mais estranho que fosse, ela permanecia sendo a sede oficial do governo da ilha, mas, com uma população de zero habitantes, era a única capital-fantasma do mundo.

– Que coisa horrível – murmurou Dobby.

LeFleur concordou com a cabeça, mas continuou olhando para a frente. Era horrível mesmo. Mas era pior do que a destruição premeditada de um iate cheio de pessoas inocentes? Ele não entendia aquele tal de Dobby, a forma como reagia às coisas. Se o caderno estivesse certo, então o "primo" de Benji tinha um talento incrível para esconder seus crimes – e sua culpa. Mas a pergunta mais importante permanecia: como Dobby tinha escapado do *Galáxia*? Como ele havia fugido, quando todos os outros morreram?

– Aquilo é uma igreja? – perguntou Dobby, apontando.

LeFleur diminuiu a velocidade do jipe e fitou os restos de uma catedral.

– Era – disse o delegado. Pensou por um instante. – Quer dar uma olhada?

Dobby pareceu surpreso.

– Tudo bem. Se você está com tempo.

Instantes depois, eles entravam na estrutura em ruínas, que havia pegado fogo por dentro e por fora por causa da erupção vulcânica. A luz entrava pelas vigas expostas que antes sustentavam o telhado. Alguns bancos continuavam alinhados, paralelos uns aos outros, porém outros haviam sido destruídos quase por completo. O piso estava coberto de cinzas. Havia livros de oração ainda abertos. Em um ponto ou outro, o mato se espalhava, a terra recuperando seu espaço.

Os restos de um púlpito, com quatro degraus levando até ele, ocupavam o centro, diante de um grande arco chamuscado.

– Se quiser eu tiro uma foto sua – sugeriu LeFleur.

Dobby deu de ombros.

– Não, não precisa.

– Anda. Quando é que você vai voltar aqui? Vá ali para o meio.

Dobby hesitou antes de sair arrastando as botas pelo chão cheio de cinzas, subindo os degraus. LeFleur esperou. Gotas de suor se acumulavam no alto da sua testa. O púlpito em si ficava dentro de um espaço arredondado, cercado por uma balaustrada que batia na altura da cintura. Só havia uma entrada e uma saída.

Quando Dobby chegou ao topo, apoiou os braços na superfície suja. Se ele fosse um padre, estaria pronto para o sermão.

– Deixa eu pegar minha câmera – disse LeFleur. Devagar, ele levou a mão para a lateral do corpo, respirou fundo, então puxou sua arma do coldre. Segurando-a firme com as mãos, apontou o cano direto para Dobby, cujos olhos se arregalaram de choque.

– Agora sim – disse LeFleur. – O que você fez com o *Galáxia*?

ONZE

Em terra

– Do que você está falando? – gritou Dobby. – Por que está fazendo isso?

Os braços de LeFleur tremiam, mas ele manteve a arma apontada.

– Você é o responsável por todos eles – declarou.

– Todos quem? – indagou Dobby.

– As pessoas a bordo do *Galáxia*. Você matou todo mundo. Levou uma mina pro barco e a detonou. Agora, vai me contar como fez isso e como escapou.

O rosto de Dobby se contorceu tanto que LeFleur teve certeza de que ele estava fingindo.

– Não estou te entendendo, cara! – exclamou Dobby. – Sério. *Por favor*. Abaixa a arma! De onde você tirou isso?

– Você nega?

– Nego o quê?

– Você *nega*?

– Sim. Sim! Eu nego! Jesus, o que é isso? Não sei do que você está falando. Me explica!

LeFleur bufou. Ele tirou uma das mãos da arma e a esticou até a pasta que levara para a igreja. Pegou o caderno e o ergueu enquanto Dobby o encarava.

– Encontrei isto no bote – informou LeFleur. – Está tudo aqui.

Pelas três horas seguintes, enquanto Dobby permanecia agachado no púlpito, LeFleur ficou sentado em um dos bancos e leu as páginas em voz alta, mantendo a arma no colo. De vez em quando, fitava o rosto de Dobby para ver sua reação. No começo, ele parecia incrédulo, mas, conforme a narrativa avançava, seus ombros foram cedendo e, sua cabeça, baixando cada vez mais.

LeFleur leu sobre o naufrágio do *Galáxia*. Leu sobre a morte de Bernadette, de Nevin e sobre o destino cruel da Sra. Laghari. Enfatizou as partes sobre Lambert, sua arrogância, sua gula, seu ego. Foi devagar e com calma quando chegou à mina *limpet* no case da bateria. Leu duas vezes a parte em que Benji dizia "Nós não somos Deus", e Dobby respondia "Por que não? Deus não está fazendo nada pra resolver o problema". Quando leu a parte em que Dobby afirmava que morrer em uma explosão era "melhor do que viver feito uma formiga", fez uma pausa, como um advogado que deixava um argumento contundente ser assimilado.

Ao longo da leitura, Dobby suspirava; às vezes, ria, e mais de uma vez ficou com os olhos cheios de lágrimas. Ocasionalmente, ele escondia a cabeça entre as mãos e dizia "Ah, Benji". Parte das suas reações parecia estranha para LeFleur, mas, por outro lado, a situação toda era estranha. Afinal, estavam em uma igreja destruída, lendo o caderno de um homem morto que falava sobre Deus ter aparecido em um bote salva-vidas.

Já estavam no meio da tarde quando LeFleur terminou. Estivera tão concentrado lendo as páginas que nem viu o tempo passar. Ao chegar na última frase, em que a garotinha chamada Alice dizia "Eu sou o Senhor. E nunca vou abandonar você", LeFleur fechou o caderno e usou a manga da camisa para limpar o suor cheio de cinzas da própria testa. Ele se levantou, ainda com a arma apontada para Dobby.

Para sua surpresa, Dobby imediatamente fez contato visual. Ele não parecia abalado nem encurralado. Era como se a tristeza o tivesse dominado, como se ele houvesse acabado de sair de um funeral.

– Isso foi um pedido de ajuda, cara – disse ele, baixinho.

– Como assim?

– Ele estava delirando. Inventou tudo. Fala sério. Você acha mesmo que ele estava em um barco com Deus? Você é policial.

– Pois é, eu sou – afirmou LeFleur, brandindo o caderno. – E aqui diz que você levou uma bomba para dentro do *Galáxia*, com um propósito, e matou todas aquelas pessoas inocentes.

– É – concordou Dobby, quase sorrindo. – Essa é a parte mais inacreditável de todas.

– Ah, é? – LeFleur fez uma pausa. – E por quê?

– Porque – disse Dobby, soltando o ar – eu nunca pisei naquele iate.

Noticiário

APRESENTADOR: *Esta noite temos novidades sobre as buscas pelo Galáxia, o iate de luxo que naufragou mais de um ano atrás, no Atlântico Norte. A reportagem é de Tyler Brewer.*

REPÓRTER: *Obrigado, Jim. Estou aqui com Ali Nesser, dono da Nesser Ocean Explorations, em Naples, na Flórida. Em alguns dias, sua embarcação de buscas, o Ilíada, começará a esquadrinhar o oceano Atlântico nas proximidades do local em que acredita-se que o Galáxia tenha afundado. Senhor Nesser, pode explicar como o processo funciona?*

ALI NESSER: *Certamente. Primeiro, mapeamos aquilo que chamamos de "quadrante de busca", uma área de cerca de 8 por 8 quilômetros, com base nos últimos sinais recebidos e nas correntes marítimas. Nesse quadrante, usamos um sonar de varredura lateral e um magnetômetro, que mede mudanças no campo magnético e nos envia imagens em tempo real. Em termos simples, vamos vasculhar a área, torcendo pra encontrar um sinal de algo grande, como um iate naufragado. Se não encontrarmos um sinal, ampliaremos o quadrante. Se encontrarmos, mandaremos uma sonda para examinar melhor.*

REPÓRTER: *Existe alguma chance de recuperar o iate?*

ALI NESSER: *Você deveria perguntar isso para o pessoal que está pagando pela busca.*

REPÓRTER: *Mas é possível?*

ALI NESSER: *Tudo é possível. Mas não sei por que alguém faria isso.*

REPÓRTER: *Bom, como o senhor sabe, muitas pessoas conhecidas faleceram no desastre.*

ALI NESSER: *Sim, e aquele iate é o túmulo delas. Você acha que é uma boa ideia perturbar um lugar desses?*

REPÓRTER: *Imagino que essa decisão caiba a outra pessoa.*

ALI NESSER: *Pois é.*

REPÓRTER: *Falando ao vivo da Flórida, eu sou Tyler Brewer. É com você, Jim.*

Em terra

Dobby ergueu as mãos acima da cabeça e lentamente se levantou no púlpito.

– Eu preciso ficar de pé, por favor – implorou ele. – Minhas costas estão me matando.

LeFleur manteve a arma apontada, mas também estava cansado. Ler o caderno tinha sido exaustivo. Ele sabia que ir até a zona de exclusão para arrancar uma confissão não era o melhor plano do mundo. Não havia reforços ali. Se algo desse errado, qualquer ajuda demoraria bastante a chegar.

– Ainda estou esperando uma resposta – declarou LeFleur. – Como você fez aquilo? *Por que* fez aquilo?

Dobby baixou as mãos até o pódio sujo. Ele afastou um pouco das cinzas com os dedos.

– Escuta – disse ele. – Eu não queria te contar nada disto. Mas estou vendo que é o único jeito de você acreditar em mim.

– Você vai dizer que nunca esteve no iate?

– E nunca estive mesmo. Mas eu o *vi*. Fui com Benji para Cabo Verde e lhe dei uma carona até o porto na manhã em que o iate estava sendo abastecido. Eu estava preocupado com ele. Benji tinha passado por muita coisa e estava se comportando de um jeito estranho. Agitado. Eu não queria que ele ficasse sozinho.

– Por que ir até o porto? – perguntou LeFleur.

– O agente da Fashion X estaria lá. Eu queria dar oi. Para ser sincero, estava na esperança de que ele me contratasse para a próxima turnê. Só isso. Juro.

– Então você viu o *Galáxia*?

– Vi. Era um monstro, do jeito que ele descreveu. Um monumento à ganância e ao exagero.

– Agora você está falando como o homem do caderno.

– Só estou contando a verdade. O convés superior parecia um anfiteatro a céu aberto, com um palco, dezenas de cadeiras, um sistema de som imenso. E cada convidado "ganhava" um funcionário do iate para cuidar de suas coisas. Não importava o que quisessem, o funcionário providenciava. Bebidas. Toalhas. Um iPad no meio da madrugada. Era assim que a viagem funcionaria. Pelo menos, foi o que Benji me disse. Ele precisaria atender quatro pessoas do começo ao fim da viagem. Eu estava ao lado dele quando elas chegaram.

– Você recorda quem eram?

Dobby coçou o queixo e olhou para baixo.

– Aham – disse ele. – Agora, eu me recordo.

– Quem?

Ele suspirou.

– Uma era Geri, a nadadora. Outro era o grego, Yannis. Havia a mulher indiana, a Sra. Laghari. Lembro que ela olhou para as minhas roupas como se tivesse ficado ofendida e pediu ao Benji que guardasse um par de brincos. E o último era o inglês alto, esqueci o nome dele.

– Nevin Campbell? – sugeriu LeFleur.

– Isso. Essas eram as pessoas do Benji. Ele tinha que cuidar dos quatro.

LeFleur balançou a cabeça.

– Fala sério. Você acabou de dar o nome de quatro pessoas que, *por acaso*, também acabaram no bote. É isso mesmo?

– Pois é – respondeu Dobby. – E é melhor eu contar o restante. Também conheci Jean Philippe e Bernadette. Benji me apresentou aos dois. Eram gente boa. Engraçados.

– E Nina, a mulher etíope?

– Não nos conhecemos. Mas eu a vi.

– Como você sabe que era a Nina?

– Não dá para esquecer uma mulher como aquela. Era a cara da Iman, a modelo, sabe? Ela deu tchau para o Benji e eu perguntei quem era. Ele disse: "A Nina. Foi ela quem cortou meu cabelo."

LeFleur soltou o ar com força. Que loucura. Dobby tinha acabado de mencionar quase todos os passageiros listados no caderno. Era simples demais. Ele podia estar apenas recitando seus nomes, improvisando sua própria narrativa.

– E a garotinha? – perguntou LeFleur. – Alice?

– Não a vi.

– E Jason Lambert?

Dobby mordeu o lábio e afastou o olhar.

– O que foi? – indagou LeFleur.

– Abaixa a arma, delegado. Vou contar uma história.

LeFleur a manteve erguida.

– Qual é? Você sabe que, no fundo, não acredita nesse caderno. Abaixe a arma que eu explico tudo – pediu Dobby.

LeFleur esfregou os olhos com a mão esquerda.

– Por que eu preciso ouvir uma história inteira? Qual é a grande questão envolvendo Jason Lambert?

Dobby ergueu o olhar.

– Benji achava que Lambert era seu pai.

⚜

Com o sol lançando seus raios pelo teto quebrado da igreja, Dobby contou a LeFleur a história da infância de Benji.

– A mãe do Benji se chamava Claire. Minha mãe era Emilia. As duas eram irmãs e muito amigas. Quando meu pai morreu, fomos para os Estados Unidos, como Benji escreveu. Só que ele não explicou *por que* fomos para lá.

Dobby olhou bem dentro dos olhos do delegado antes de continuar.

– Supostamente, o pai de Benji era americano, isso é verdade. E a mãe dele o conheceu na Escócia, na semana daquele torneio de golfe. Como muitas mulheres na nossa cidadezinha pobre, ela acabou engravidando cedo demais. Não contou nada a ninguém além da minha mãe. Só que, quando a barriga começou a aparecer, os pais da Claire ficaram envergonhados. Na nossa comunidade, era uma coisa quando as pessoas sabiam quem era o pai. Tinham alguém em quem colocar a culpa. Mas manter segredo sobre a identidade dele tornou tudo mais difícil para Claire. As pessoas agiam como se fosse culpa dela, a tratavam muito mal. Ela era inteligente. Uma boa atleta. Mas ficou sozinha depois que teve o bebê. E ficar sozinha em Carndonagh não era fácil.

LeFleur ouvia atentamente, sem interrompê-lo.

– Ela criou Benji por conta própria, trabalhando num açougue durante o dia, dormindo no apartamento em cima durante a noite. Os dois não tinham um tostão. A cidade toda achava que eles não valiam nada. Claire não aceitava ajuda dos pais. Era orgulhosa, talvez até um pouco teimosa, para ser sincero. Numa noite, segundo a minha mãe, Claire apareceu lá em casa, toda nervosa. Ela disse que tinha lido uma história sobre o pai biológico do Benji numa revista. Ele era muito rico e morava em Boston. Claire disse que iria encontrá-lo e contar que ele tinha um filho. Ela acreditava que ele assumiria a responsabilidade. Minha mãe disse a ela: "Não seja boba. Ele vai te botar pra correr." Mas Claire estava determinada. Ela e Benji foram morar com a gente e passaram quase um ano lá, juntando dinheiro para comprar as passagens de avião. Foi nessa época que eu e Benji ficamos bem próximos. A gente dividia a mesma cama. Tomávamos café da manhã juntos. Nós nos considerávamos irmãos, porque éramos filhos únicos.

Ele fez uma pausa antes de prosseguir:

– Enfim. Você leu o que aconteceu. Eles foram para os Estados Unidos, e minha mãe estava certa. O cara a rejeitou. Claire ficou arrasada. Minha mãe percebia isso pelas suas cartas e telefonemas. Foi por isso que fomos pra Boston, para ficar perto dela. As duas tinham uma conexão forte de irmãs, que passava por cima de qualquer trabalho, de qualquer país. O engraçado é que eu e Benji desenvolvemos essa conexão também.

Dobby sorriu ao relembrar.

– Bom, quando chegamos lá, Benji estava diferente. Ele sabia que tinha sido rejeitado. Viu como isso afetou a mãe. Começou a odiar todo mundo que tinha grana ou que tivesse um ar de superioridade. Acredito que associava essas pessoas ao pai que o desprezara. E esse pai nunca saiu da sua cabeça. Quando éramos adolescentes, costumávamos entrar escondidos nas arquibancadas de Fenway Park, o estádio de beisebol, e ele olhava o pessoal nos lugares caros e dizia: "Um desses caras pode ser o canalha do meu pai." Ou a gente pegava o metrô depois da escola e ia até Beacon Hill, o bairro chique, fumávamos uns cigarros, ficávamos vendo os homens chegando em casa com seus ternos bonitos, e ele dizia a mesma coisa. "Talvez seja aquele sujeito ali, Dobby. Ou aquele..." Eu falava para ele parar de perder tempo com essas coisas. Que não valia a pena. Não me entenda mal, eu também não gostava de gente rica. Mas, para Benji, era diferente.

Dobby respirou fundo antes de retomar o relato.

– Então a mãe dele se machucou na fábrica, e ele largou a escola para cuidar dela. Aquilo foi muito injusto. Ela não tinha feito nada errado. O andaime onde ela estava desabou, mas a fábrica entrou com um processo para não precisar pagar indenização vitalícia. Imagina só, se acidentar a ponto de não conseguir mais andar e ainda levar a culpa por isso. Não é surpresa nenhuma que Benji tenha ficado com tanta raiva. Uma vez, fui visitar os dois. Eu já estava na Marinha nessa época, e a Claire usava cadeira de rodas. Foi a última vez que nos vimos antes de ela morrer. Benji continuava reclamando sobre ela ter precisado trabalhar na fábrica quando seu pai devia ter cuidado deles. Ele dizia que iria atrás do desgraçado se algum dia descobrisse quem era. Mas Claire levou esse segredo para o túmulo com ela.

Ele fez uma pausa.

– Pelo menos, foi o que pensei.

LeFleur ergueu o olhar.

– Como assim?

– Minha mãe voltou para a Irlanda. Alguns anos depois, teve câncer. Certa noite, quando ela já estava nas últimas, me contou algo que tinha jurado nunca contar pra ninguém. Ela disse que o pai do Benji não só era rico, mas tinha se tornado um empresário bem famoso. Que a pobre da Claire era obrigada a ler sobre ele nos jornais americanos. – Dobby hesitou. – E que o nome dele era Jason.

LeFleur piscou com força, a cabeça girando.

– O Lambert? – perguntou.

– Não faço ideia. Seja lá qual fosse o sobrenome dele, minha mãe não lembrava. Ela morreu um mês depois.

– Então como Benji...

– Eu contei pra ele! Argh! – Dobby urrou e revirou os olhos para o teto. – Burro! Burro! Ele não parava de reclamar das coisas. Que era pobre. Que nunca teve uma oportunidade. Ele estava mal, e eu sentia pena. Mas, quando começou a tagarelar de novo que seu pai era um canalha, falei pra ele parar, que nunca iria encontrar o sujeito e que, mesmo que encontrasse, nada mudaria. Foi então que contei o que a minha mãe tinha revelado. Saiu sem eu pensar. Ele só ficou me encarando, perplexo.

– Quando foi isso? – perguntou LeFleur.

– Um mês antes de ele começar a trabalhar no *Galáxia*. Ele deve ter ido atrás do Jason Lambert. Um cara rico? De Boston? Com esse primeiro nome? Juro que nunca sequer *cogitei* que haveria uma conexão... até você ler o caderno. Mas agora eu entendo. Agora vejo por que o Benji estava tão agitado. – Ele baixou a cabeça entre as mãos. – Jesus. Tudo faz sentido.

– Espera. Você está dizendo que ele estava tão furioso com o pai...

– Eu nunca disse que o Lambert era pai dele...

– Ele estava tão furioso com um cara chamado Jason que resolveu explodir um iate? Por vingança? Fala sério.

– Você não entende. Ele estava desesperado com...

– E a mina? Está me dizendo que nunca contou a ele como uma mina *limpet* funciona?

Dobby suspirou.

– Anos atrás, contei a ele uma história da minha época na Marinha. Não acredito que ele se lembrava disso.

LeFleur ajeitou a empunhadura e secou o suor da testa com as costas da mão.

– Essa história é conveniente demais – disse ele.

Dobby pensou um pouco.

– Talvez não. Você já ouviu falar num negócio chamado confabulação?

– Não.

– Eu conheci um músico que teve isso, anos atrás. É quando alguém confunde algo que imaginou com uma memória de verdade.

– Eu chamo isso de mentira.

– Mas não é mentira. A pessoa acredita mesmo no que diz. Pode acontecer quando alguém passa por um trauma pesado.

– Um trauma?

– É. Tipo perder um ente querido. Ou ser jogado para fora de um iate durante uma explosão e tentar sobreviver no oceano. A experiência faz você acreditar em coisas que sabe serem falsas. Quando Benji escreveu que estava falando comigo, devia estar falando consigo mesmo, duvidando de si mesmo, torturando a si mesmo...

– Para! – interrompeu LeFleur. – E daí que Benji não tinha pai? Muitas pessoas não têm e elas não afundam um iate para compensar isso.

Dobby entrelaçou as mãos atrás do pescoço e olhou para os raios de sol.

– Está esquecendo uma coisa, delegado.

– Que coisa?

– Para quem ele estava escrevendo? Para quem ele contou a história toda? Qual é o nome no início do caderno? – Dobby olhou diretamente para o delegado. – Não entendeu? A pessoa importante aqui não é Jason Lambert. É Annabelle.

LeFleur fechou os olhos. Seus ombros despencaram.

– Annabelle – murmurou ele. – Certo. Então onde posso encontrá-la?

– Não pode – disse Dobby. – Ela está morta.

DOZE

Em terra

O trajeto de volta foi feito quase todo em silêncio. Conforme o sol baixava no horizonte, a zona de exclusão ganhava um tom cinzento sinistro. LeFleur nunca gostou de ficar ali até tarde. Já era fantasmagórico o suficiente durante o dia.

– Você entende que vou ter que manter você sob custódia? – perguntou o delegado. – Até comprovar o seu álibi.

Dobby olhou pela janela.

– Aham. Eu entendo.

– Vou ter que te acusar de alguma coisa.

– Tanto faz.

– Do que devo te acusar?

Dobby se virou.

– É sério?

LeFleur deu de ombros.

– Que tal embriaguez pública? – sugeriu Dobby, desviando o olhar. – Eu topo, se você endossar essa versão.

– Tudo bem.

LeFleur estava tão cansado que precisava forçar os olhos a ficarem abertos enquanto dirigia. A onda de adrenalina da tarde havia evaporado, e seu corpo parecia esgotado. As mãos tremiam no volante.

Naquele ponto, ele não sabia no que acreditar. Dobby tinha uma justificativa para tudo, mas havia escutado o caderno inteiro antes de se explicar. Será que ele era tão esperto assim? Que sabia inventar mentiras tão depressa? Ou seria Benji, o autor, quem estava delirando? E talvez fosse o responsável pela destruição do *Galáxia*?

Dobby havia mencionado Annabelle, mas, depois de dizer que ela havia morrido de uma doença rara no sangue e que Benji teve dificuldades para conseguir dinheiro para o tratamento dela, não dera mais detalhes. Sua paciência com a arma havia acabado.

– Não vou dizer mais nada até você jurar que não sou um suspeito. Posso provar que eu não estava naquele iate. Só me deixe voltar e dar uns telefonemas.

Com relutância, LeFleur tinha concordado. Que opção havia? No fundo, ele torcia para Dobby estar *mesmo* contando a verdade. Não gostava da ideia de ficar tão perto de um homem que mentia tão bem.

– Você não me contou como encontrou o bote – disse Dobby.
– Eu não encontrei.
– Então quem foi?
– Um cara. Um andarilho.
– Onde ele está?
– É isso que todo mundo quer saber.
– Como ele se chama?
– Rom Rosh.

Dobby se virou.

– Rom Rosh?
– O que foi? – perguntou LeFleur.

Dobby balançou a cabeça.

– Que nome estranho.
– Pois é.

Pelo para-brisa, LeFleur viu a placa enorme que dizia "Você está saindo da zona de perigo do vulcão". Ele sentiu uma pontada de alívio. Tinham voltado ao lado norte da ilha. Ao mundo dos vivos.

– Faltam uns 20 minutos agora – informou ele.

– Posso comprar alguma coisa para comer antes de ser preso? – perguntou Dobby.

Duas horas depois, após deixar Dobby na única prisão da ilha, LeFleur voltou para a delegacia e acendeu as luzes. Ele estava exausto. Tirou o caderno da pasta e o colocou sobre a mesa. Então apoiou a testa nas mãos, fechou os olhos e a esfregou com força, como se tentasse arrancar uma resposta do cérebro.

Nada. Ele havia voltado ao ponto de partida. Um iate naufragado. Um bote encontrado. Uma história inacreditável. Um acusado com uma desculpa.

Ele queria beber alguma coisa. Abriu a última gaveta, onde guardava as garrafinhas de rum que comprava na fábrica da ilha. Katrina, sua assistente, periodicamente as jogava fora. Ela não gostava de vê-lo bebendo no trabalho, mas não ousava lhe dizer isso com todas as letras. Então ele comprava as garrafinhas, que ficavam ali por um tempo, até o dia em que desapareciam, e ele entendia que Katrina cuidara disso. E nunca a confrontava. Era um joguinho entre os dois.

Desta vez, quando abriu a gaveta mais baixa, outra coisa chamou sua atenção. Um grande envelope de papel pardo com o carimbo da delegacia no canto superior esquerdo. Só que o envelope estava lacrado.

Ele ligou para Katrina, que pareceu surpresa ao atender.

– Onde esteve o dia todo? – indagou ela. – Um pessoal estava atrás de você.

– Pois é – disse ele –, precisei resolver umas coisas. Escuta. Você deixou um envelope lacrado na minha mesa?

– O quê?

– Na minha gaveta. Você sabe. A *última*.

– Ah, sim. Foi na semana passada, o envelope daquele cara. Lembra? No dia em que você teve que ir à Marguerita Bay?

– O Rom?

– Não sei o nome dele. Ele não me disse. Mas me pediu um envelope enquanto esperava, então lhe dei um. Você disse que eu podia dar, lembra? E aí, como eu te contei, voltei para falar com ele e não encontrei ninguém. Mas ele deixou o envelope na escada, então guardei na sua mesa.

– Por que não me contou?

– Eu contei. – Ela fez uma pausa. – *Achei* que tivesse contado. Ah, Jarty. Tem tanta coisa acontecendo... Desculpa por ter es...

Mas LeFleur já tinha desligado. Ele abriu o envelope e encontrou uma pilha de páginas dobradas. As bordas estavam rasgadas e a letra era familiar. LeFleur sabia exatamente de onde elas tinham saído.

Ele começou a ler tão depressa que nem sentiu quando recostou na cadeira.

No mar

~~~~~~~~~~~~~~~~~~~~~~~~~

Minha querida Annabelle,

Pela última vez, imploro pelo seu perdão. Faz meses desde que lhe escrevi alguma coisa. Continuo no mar, mas parei de lutar com ele. Posso sobreviver. Posso morrer. Não importa. Uma névoa se dissipou. Agora posso dizer tudo que preciso.

Você se surpreenderia se me visse, meu amor. Não resta muito de mim. Meus braços estão esqueléticos. Minhas coxas são tocos finos. Alguns dos meus dentes estão moles. As roupas que eu usava viraram trapos desgastados pelo sal onipresente. A única coisa que tenho a mais é barba, que cresce sem parar.

Não sei que extensão do Atlântico eu percorri. Uma noite, vi um barco grande no horizonte. Acendi um sinalizador. Nada. Semanas depois, vi um navio de carga, tão perto que dava para enxergar as cores do casco. Outro sinalizador. Nada.

Aceitei que um resgate é impossível. Sou pequeno demais. Insignificante demais. Sou um homem em um bote, e são as correntes que detêm meu destino. Todos os oceanos do mundo são conectados, Annabelle, então talvez eu passe de um para outro, dando voltas intermináveis pelo planeta. Ou talvez, no fim, o grande mar me carregue, como uma mãe ursa faz com os bebês fracos e doentes, acabando com o meu sofrimento. Essa poderia ser a melhor opção.

O meu destino, seja lá qual for, me espera. Os doentes e idosos às vezes dizem: "Deixe-me ir. Estou pronto para encontrar o Senhor." Mas por que eu precisaria me render dessa forma? Já encontrei o Senhor.

⁂

Relendo as últimas páginas, vejo que parei de escrever depois que a pequena Alice falou pela primeira vez.

Depois disso, só me lembro da escuridão. Devo ter apagado. O choque de perder Lambert e Geri, o esforço de nadar após semanas de inatividade – tudo isso me deixou sem energia.

Quando recobrei a consciência, o sol havia desaparecido e o céu noturno tinha um tom de anil. Alice estava sentada na beira do bote, iluminada pela luz da lua, os braços finos cruzados sobre o colo. Ela vestia uma das camisetas brancas de Geri, que batia em seus joelhos. A franja balançava ao vento.

– Alice? – sussurrei.

– Por que você me chama assim? – perguntou ela.

Sua voz era infantil, porém nítida e precisa.

– Precisávamos chamar você de algum nome – falei. – Qual é o seu nome de verdade?

Ela sorriu.

– Alice serve.

Minha garganta estava seca e meus olhos, grudentos de sono. Quando virei a cabeça, o bote vazio trouxe uma onda nauseante de tristeza.

– Todo mundo *se foi*.

– Sim – disse ela.

– Os tubarões pegaram a Geri. Não consegui salvá-la. E o Lambert. Também não consegui salvá-lo.

Pensei naqueles momentos finais na água. Então lembrei.

– Alice? – chamei, me erguendo nos cotovelos. – Você disse que era... *o Senhor*?
– Eu sou.
– O que você quer dizer com isso?
– Apenas o que eu disse.
– Mas você é uma *criança*.
– O Senhor não habita todas as crianças?
Pisquei várias vezes. Meus pensamentos eram confusos.
– Espera... então quem era o homem que tiramos da água?
Ela não respondeu.
– Alice? – Elevei a voz. – Por que aquele homem morreu? Você o está imitando? Quem é você? Por que não queria falar antes?

Ela descruzou os braços, ficou de pé e veio até mim sem cambalear, apesar do balanço do bote. Sentou-se ao meu lado, cruzando as perninhas à sua frente. Fiquei olhando, sem palavras, enquanto ela erguia minha mão direita e a colocava na sua.

– Sente-se comigo, Benjamin – disse ela.

E ficamos sentados. Por toda a noite – e toda a madrugada –, sem dizer nem uma palavra. Não era que eu não conseguisse falar, Annabelle. Era que a vontade, de repente, havia passado. Sei que parece estranho, mas toda a revolta em mim desaparecera. Segurar a mão dela foi como uma chave girando na fechadura. Meu corpo amoleceu. Minha respiração se acalmou. Conforme os minutos passavam, eu parecia diminuir de tamanho. Os céus se agigantaram. Quando as estrelas brilhantes tomaram conta do firmamento, surgiram lágrimas nos meus olhos.

Ficamos sentados daquele jeito até o amanhecer, quando o sol surgiu no horizonte, seus raios se espalhando por todas as direções. O reflexo criou um caminho de diamantes pela água e ao redor do nosso bote. Naquele momento, era possível acreditar que nada mais existia além da água e do céu, que a terra firme não era sequer um conceito e que tudo que o homem havia construído nela era irrelevante. Entendi que era aquilo que significava abdicar de tudo e ficar sozinho com Deus.

E soube que era isso que acontecia comigo.

– Agora, Benjamin – disse Alice, baixinho –, me pergunte o que quer perguntar.

Minha voz parecia entalada na garganta. Puxei as palavras como se puxa o balde cheio de um poço.

– Quem era ele? O homem que dizia ser o Senhor?

– Um anjo que me emprestava sua voz.

– Por que ele pedia comida e água?

– Para ver se vocês dividiriam.

– Por que ele era tão quieto?

– Para ver se vocês ouviriam.

Afastei o olhar.

– Lambert o matou.

– Matou? – perguntou ela.

Eu me virei. Sua expressão era calma. Engoli em seco, sem saber se queria fazer a próxima pergunta, mas sabendo que precisava.

– Jason Lambert era meu pai?

Ela fez que não com a cabeça.

Imediatamente, fui dominado pela emoção. O ódio que eu sentira por aquele homem, a raiva que havia alimentado contra o mundo por causa dele, tudo explodiu de mim como se eu estivesse levando inúmeros socos no estômago. Como eu estava errado! Como a minha raiva era equivocada! Bati com os punhos no assoalho molhado do bote e urrei até alcançar o fundo da minha alma. E lá estava a pergunta que impulsionava cada minuto da minha vida desde que perdi você.

Olhei nos olhos de Alice e perguntei:

– Por que minha esposa teve que morrer?

Ela acenou com a cabeça como se esperasse aquilo. Então colocou a outra mão sobre a minha.

– Quando as pessoas se vão, Benjamin, todo mundo sempre pergunta: "Por que Deus as levou embora?" Seria melhor perguntar: "Por que Deus as deu para nós?" O que fizemos para merecer seu amor, sua alegria, os doces momentos que compartilhamos? Você não teve momentos assim com Annabelle?

– Todos os dias – respondi, a voz rouca.

– Esses momentos são uma dádiva. Mas o fim deles não é um castigo. Nunca sou cruel, Benjamin. Conheço você desde antes do seu nascimento. Conheço você depois da sua morte. Os meus planos para a sua existência não são definidos por este mundo. Começos e fins são ideias terrenas. Eu continuo. E, porque eu continuo, você continua comigo. Sofrer perdas faz parte do motivo de você estar na Terra. É graças a isso que você aprecia a brevidade da dádiva da existência humana e aprende a amar o mundo que eu criei para você. Mas a forma humana não é permanente. Ela não foi feita para durar. Esse presente pertence à alma.

Ela fez uma pausa antes de prosseguir.

– Eu vejo as lágrimas que você derrama, Benjamin. Quando as pessoas deixam este mundo, seus entes queridos sempre choram. – Ela sorriu. – Mas prometo a você que aqueles que partem não choram.

Ela ergueu uma das mãos e gesticulou para cima. E naquele instante, Annabelle, mal consigo descrever o que vi: o ar pareceu se abrir e o reflexo azul da atmosfera se derreteu em uma luz ultrabrilhante, uma cor para a qual não tenho palavras. Sob aquela luz, vi mais almas do que há estrelas no céu. Mas, de algum jeito, eu conseguia enxergar os rostos felizes de cada uma delas. Entre esses rostos, vi o da minha amada mãe.

E vi você.

Não preciso de mais nada.

Em terra

Havia mais páginas, porém LeFleur parou de ler. Enfiou tudo dentro da pasta e secou os olhos enquanto saía apressado da delegacia.

Seu corpo todo tremia enquanto ele dirigia. Entrou na casa amarela e correu para o andar de cima. Colocou a mão na maçaneta do quarto da filha e, pela primeira vez em quatro anos, a abriu. Enquanto estava parado ali, encarando a pequena cama e as estrelas cor-de-rosa que ele havia pintado no teto, Patrice apareceu atrás dele e perguntou:

– Jarty? O que está acontecendo?

Ele se virou e a trouxe para perto de si. Em meio à sua respiração ofegante, ele sussurrou:

– A Lilly está bem. Ela está bem. Está segura.

E Patrice começou a chorar também.

– Eu sei, querido. Eu sei que ela está.

Os dois se uniram num abraço apertado e, mais tarde, não lembrariam quanto tempo passaram assim. Mas dormiram naquela noite sem acordar nem uma vez. E, quando LeFleur abriu os olhos na manhã seguinte, sentiu algo que não sentia havia muito tempo. Ele sentiu paz.

Noticiário

APRESENTADOR: *Esta noite houve um desdobramento surpreendente na busca pelo Galáxia. Tyler Brewer está a bordo da embarcação de buscas, o Ilíada.*

REPÓRTER: *Isso mesmo, Jim. Uma descoberta foi feita. Na extremidade do quadrante de busca de 8 quilômetros, pesquisadores encontraram grandes destroços no leito do oceano, a cerca de 4,5 quilômetros de profundidade. Uma embarcação que parece estar tombada. Ali Nesser, da Nesser Ocean Explorations, está aqui com a gente. Senhor Nesser, o que foi encontrado?*

ALI NESSER: *No final da noite de ontem, nosso sistema de sondas detectou uma massa extensa no fundo do mar. Os dados sugerem uma embarcação do tamanho aproximado do Galáxia, o que nos fez suspeitar que o achamos. Então enviamos o veículo submarino operado remotamente, ou ROV, para tirar fotos dos destroços. Recebemos estas imagens nas telas atrás de mim e estamos analisando as informações.*

REPÓRTER: *O que os dados sugerem?*

ALI NESSER: *Bom, é muito escuro lá embaixo, então nossa visibilidade vem apenas das luzes do ROV. Mesmo assim, estamos confiantes de que é o Galáxia. Dá pra ver as inscrições. Era uma embarcação muito distinta.*

REPÓRTER: *É possível determinar o que causou o acidente?*

ALI NESSER: *Preferimos não fazer especulações até termos mais informações, mas as imagens revelam muita coisa. Observe o casco. Ele é de fibra de vidro leve, o que o torna mais suscetível a danos.*

REPÓRTER: *E, por danos, o senhor se refere ao buraco que estamos vendo?*

ALI NESSER: *Esse é só o da proa. Observe a imagem tirada da popa, onde ficava a sala de máquinas.*

REPÓRTER: *Esses buracos são maiores ainda.*

ALI NESSER: *Pois é. Seja lá o que aconteceu, aconteceu mais de uma vez. Não temos apenas um buraco. Mas três.*

TREZE

No mar
~~~~~~

Estas serão as últimas palavras que escrevo, meu amor. Entendo agora que você sempre estará comigo. Posso compartilhar meus pensamentos simplesmente ao imaginar você. Mas, na possibilidade de uma pessoa encontrar este caderno, quero que ela conheça o fim da minha história, de modo que talvez consiga enxergar algum sentido nela.

No dia depois de Alice abrir os céus para mim, choveu, e conseguimos coletar água potável, o suficiente para me dar energia para fazer as tarefas que eu me sentia deprimido ou desnorteado demais para executar. Analisei o destilador solar quebrado e usei parte do kit de reparos para tapar o buraco. Com o sol forte queimando no plástico, a condensação se formou e, com o tempo, a água fresca foi acumulando no reservatório.

Também usei a linha de pesca da bolsa de emergência e improvisei um anzol com um dos brincos da Sra. Laghari, que haviam ficado no bolso da minha calça desde que ela os entregara a mim. Eu o prendi com um nó ao cabo do remo, joguei a linha na água e fiquei esperando por horas. Nada. Cedo na manhã seguinte, tentei de novo, e dessa vez peguei um pequeno peixe-lua. Comi boa parte dele, guardei um pouco da carne para usar como isca e, com ela, pesquei um dourado no dia seguinte, que cortei em pedaços e curei nas linhas que pendurei de uma extremidade à outra da cobertura de lona. Era um tipo de pesca primitivo, mas esse novo alimento me deu mais foco. Senti meu cérebro recuperando a vida.

Desde então, fiz um pequeno estoque de peixes e água potável. Meu maior inimigo tem sido a solidão, mas, com Alice ao meu lado, venho aguentando firme. Nós conversamos sobre muitas coisas. Porém, no fundo, eu sabia que escondia a verdade sobre o meu papel na destruição do *Galáxia*, assim como a escondi de você. Sei que não há sentido em mentir para os mortos ou para o Senhor. Mas fazemos isso mesmo assim. Talvez seja pela esperança de que, onde quer que estejam, possam perdoar nossos atos vergonhosos. Não importa. No devido tempo, a verdade aparece. A tristeza se transforma em raiva, a raiva em culpa, a culpa em confissão.

Finalmente, certa manhã, acordei e encontrei o oceano tão calmo que parecia uma poça. Pisquei contra o sol. Alice estava de pé, pairando sobre mim.

– Entre na água – disse ela.

– Por quê?

– Chegou a hora.

Eu não entendi. Apesar disso, me levantei.

– Leve isto com você – disse ela.

Olhei para baixo. Meus olhos se arregalaram. De alguma forma, ali, no meio do bote, estava a mina *limpet* verde. Ela estava igual a quando a comprei de um sujeito que achei na internet. Nós nos encontramos em um armazém náutico. A transação levou menos de dez minutos. Eu a escondi em uma caixa de bateria que levei para o *Galáxia*.

– Pegue a mina – disse Alice. – E não solte.

Eu queria recusar, mas meu corpo tinha vontade própria. Obedeci, sentindo as bordas de metal contra a minha pele.

Quando entrei na água, o frio me envolveu e o peso da mina me fez afundar rápido. Fui descendo mais e mais. Fechei os olhos, certo de que aquele era o meu castigo. Eu morreria no fundo do mar, como os outros que morreram por minha causa. Tudo que você faz a alguém volta para você. O julgamento circular de Deus.

Conforme a água escurecia, senti meu corpo clamando por ar, para expelir o dióxido de carbono que se acumulava no meu sangue. Em poucos segundos, minha forma humana sucumbiria. A água preencheria meus pulmões, meu cérebro perderia oxigênio e a minha morte viria.

Ainda assim, naquele momento, Annabelle, senti algo novo me preencher. Algo libertador. Depois de tudo que tinha acontecido, de tudo que eu tinha feito, aceitei que aquilo era apenas um fim, porque aceitei que o mundo era um lugar justo. Assim, aceitei que Deus, ou a pequena Alice, ou qualquer que seja a força a que respondemos, tinha determinado meu destino de maneira justa.

Eu acreditei. E, ao acreditar, fui salvo.

Exatamente como o desconhecido havia prometido.

De repente, meus braços estavam vazios. A mina tinha sumido. Acima de mim, vi um círculo de luz perfeito, e nesse círculo estava todo o céu e o sol, seus raios se esticando como os espinhos de um ouriço. Meu corpo começou a subir na direção do centro. Não precisei fazer nada. Conforme eu subia, tive certeza de que aquela era a sensação da morte e vi que não havia nada a temer. O Senhor estava certo. Um Paraíso sempre espera por nós, pairando no alto, e é visível mesmo sob as águas azuis da Terra. Que mundo maravilhoso.

Momentos depois, voltei à tona, arfando. Vi o bote, talvez a uns 20 metros de distância. Vi a pequena Alice, agitando os braços.

– Aqui! – gritou ela. – Deste lado!

E percebi que eu tinha escutado aquela voz antes, de alguém com uma lanterna, na noite em que o *Galáxia* naufragou.

Quando cheguei à escada, Alice me ajudou a subir. Eu estava ofegante enquanto tentava falar.

– Era você no bote... naquela noite... você me salvou...

– Sim.

Caí de joelhos e confessei tudo.

– Eu levei a bomba para o iate, Alice... Fui eu. Não o Dobby. Eu queria explodir tudo. A culpa foi minha.

As palavras saíram com mais facilidade do que eu imaginava, como um dente mole que, após horas pendendo dolorosamente, de repente cai na língua.

– Eu estava com raiva. Achei que Jason Lambert fosse o meu pai. Achei que ele tivesse feito coisas imperdoáveis com a minha mãe... e comigo. Eu queria que ele sofresse... Eu tinha perdido a minha esposa, a única pessoa que importava pra mim. Não consegui pagar o tratamento médico dela. Era caro demais, um dinheiro que eu nunca tive, mas que outras pessoas tinham. Achei que a culpa fosse minha. Tudo parecia tão injusto... Eu queria vingança por tudo que sofri. Queria que Jason Lambert perdesse tanto quanto eu.

– A vida dele – disse Alice.

– Sim.

– Não cabia a você tirar.

– Eu sei disso agora – falei, olhando para baixo. – Mas... – Hesitei. – Foi por isso que não fui em frente com o plano. Não detonei a mina. Eu a escondi. Acredite em mim, por favor. Outra pessoa deve ter feito isso. Não sei explicar. Isso está me torturando desde que aconteceu. Me perdoe. Sei que a culpa é minha...

Comecei a chorar. Alice tocou minha cabeça de leve, então se levantou.

– Você se lembra da última coisa que fez no *Galáxia* naquela noite? – perguntou ela.

Fechei os olhos. Visualizei a mim mesmo naqueles últimos segundos no convés. A chuva batia forte, meus cotovelos se apoiavam na amurada, minha cabeça estava baixa, encarando as ondas escuras. Foi um momento terrível. Eu pensava em como havia fracassado com você, Annabelle, no horror que eu estivera disposto a cometer em meio ao meu luto e em como eu tinha me tornado um homem patético, vazio.

– Benjamin? – perguntou Alice de novo. – Qual foi a última coisa que você fez?

Meus olhos se abriram lentamente, como se eu saísse de um transe. Por fim, com lágrimas escorrendo pelo rosto, confessei a verdade, sussurrando as palavras que vinha escondendo esse tempo todo – de você, de Alice, de mim mesmo.

– Eu pulei.

Muito tempo pareceu se passar antes de eu falar de novo. Alice tinha as mãos entrelaçadas sob o queixo.

– Eu não queria mais viver – sussurrei.

– Eu sei. Escutei você.

– Como? Eu nunca falei nada.

– O desespero tem sua própria voz. É uma oração diferente de todas as outras.

Olhei para baixo, com vergonha de mim mesmo.

– Não importa. O *Galáxia* explodiu de qualquer jeito. Vi a fumaça na sala de máquinas. Vi o iate afundar. Eu não fiz nada. Mas ainda assim a culpa foi minha.

Alice andou até os fundos do bote. Ela subiu na borda inflada sem qualquer hesitação. Então se virou para mim.

– Erga a cabeça, Benjamin. Você não foi o responsável.

Lentamente, levantei os olhos.

– Espere... Como assim?

– A mina não explodiu.

– Como não? Então o que destruiu o iate?

Ela desviou o olhar para o fundo do oceano. De repente, três baleias imensas irromperam na superfície, corpos monolíticos cinza-escuros gigantescos, com nadadeiras esticadas parecendo as asas de um avião, sem dúvida as maiores criaturas que já vi na Terra. Quando elas mergulharam, o impacto produziu um jato tão forte que nos cobriu de água.

– Elas – respondeu Alice.

Momentos depois, o céu começou a brilhar. O ar ficou imóvel. De algum jeito, senti que nosso tempo chegava ao fim.

– Alice – falei, hesitante. – O que eu faço agora?

– Perdoe a si mesmo – disse ela. – Então use essa bênção para disseminar o meu espírito.

– Como posso fazer isso?

– Sobreviva à viagem. Depois, encontre outra alma desesperada. E a ajude.

Ela girou na beira do bote, sem jamais levantar os pezinhos. Então cruzou os braços na frente do corpo.

– Espere – falei, a voz embargada. – Não me abandone.

Ela sorriu como se eu tivesse dito algo engraçado.

– Eu nunca vou abandonar você.

Depois disso, desabei, e minhas mãos bateram no assoalho molhado do bote. Naquele momento, eu estava em completa submissão. Alice me olhou pela última vez e recitou as palavras que você, Annabelle, sempre dizia:

– Todos nós precisamos nos agarrar a alguma coisa, Benji. Agarre-se a mim.

Então ela caiu do bote sem espirrar água nenhuma. Eu me arrastei até a borda. Não vi nada além da água azul.

Noticiário

APRESENTADOR: *Começamos o noticiário desta noite com algumas revelações impressionantes sobre a estranha saga do iate Galáxia, que naufragou mais de um ano atrás. Tyler Brewer está na nação insular de Cabo Verde.*

REPÓRTER: *Obrigado, Jim. Na semana passada, uma sonda do* Ilíada *voltou aos destroços do Galáxia, desta vez com uma câmera robótica pequena e muito potente. O aparelho conseguiu entrar por um buraco no casco do iate afundado e enviou imagens nítidas do interior.*

APRESENTADOR: *E essas descobertas foram divulgadas hoje?*

REPÓRTER: *Sim. Relatórios preliminares afirmam que "impactos consecutivos no exterior do iate" criaram três buracos de tamanho considerável, e um deles afetou a sala de máquinas, provavelmente causando uma inundação e uma explosão que acelerou o naufrágio da embarcação. Acredita-se que não tenha sido um míssil, já que os orifícios no casco não são compatíveis com esse tipo de ataque. Um cientista sugeriu que baleias, talvez agitadas pela música alta tocada a bordo, podem ter atacado o iate.*

APRESENTADOR: *E quanto aos passageiros? O que se sabe sobre eles?*

REPÓRTER: *Bom, como talvez você se lembre, Jim, nossas filmagens daquela noite mostram que, por causa de uma tempestade, a maioria dos passageiros estava em um salão pequeno no segundo andar, assistindo ao show da banda Fashion X, quando a explosão ocorreu. Ao que parece, com base nas imagens da sonda, muitos morreram nesse local, e seus restos mortais podem ser encontrados e identificados. É óbvio que a lista de passageiros do Galáxia se perdeu, e os helicópteros que levavam e buscavam gente pra lá e pra cá tornam impossível que seja feita uma contagem exata. Mas um porta-voz da Sextant declarou: "O número de corpos identificados é próximo da quantidade total de pessoas que acreditamos estar a bordo no momento da explosão."*

APRESENTADOR: *Então é pouco provável que alguém tenha escapado ou sobrevivido?*

REPÓRTER: *Parece que sim.*

EPÍLOGO

Em terra

LeFleur e Dobby estavam sentados dentro do jipe estacionado diante do pequeno terminal do aeroporto de Monserrat. Um jato turboélice azul e branco aterrissava na única pista.

– Então é isso – disse Dobby, esticando a mão para a maçaneta da porta.

– Espera – pediu LeFleur. – Acho que você devia ficar com isto.

Ele abriu o porta-luvas e pegou o saco plástico. Lá estava o caderno original, com as páginas adicionais dobradas no interior. Ele o entregou para Dobby.

– Tem certeza? – perguntou Dobby.

– Ele era parente seu.

Dobby examinou o saco. Estreitou os olhos.

– Não vou me meter em encrenca por causa disso, né?

– Isso aí não existe oficialmente – declarou LeFleur. – De toda forma, você nunca esteve no iate. E ele não afundou por causa da mina. Na verdade, ninguém teve culpa.

– Um ato de Deus, né?

– Pois é.

Dobby coçou a cabeça.

– Benji estava muito perturbado. Mas ainda era como um

irmão pra mim. Sinto muita falta dele. – Dobby fez uma pausa.
– Como acha que ele morreu?

– Não dá para saber – respondeu LeFleur. – Em uma tempestade? Em um ataque de tubarão? Talvez, no final, ele tenha simplesmente desistido. É difícil sobreviver sozinho por tanto tempo.

Dobby abriu a porta.

– Sabe, você nunca me levou na praia onde encontrou o bote.

– É só uma praia – disse LeFleur. – Fica aqui perto. Marguerita Bay.

– Quem sabe na próxima visita? – sugeriu Dobby, brincando.

– Pois é. – LeFleur analisou o rosto de Dobby, os pés de galinha no canto dos olhos, o cabelo oleoso, a pele clara. Mais uma vez, ele usava calça jeans preta e botas, pronto para voltar para sua vida. – Escuta, desculpa pelo que fiz você passar no começo. É que eu achava que... Bom, você sabe.

Dobby assentiu, devagar.

– Nós dois estamos sofrendo pela perda de alguém, delegado.

– Jarty.

– Jarty – repetiu Dobby, sorrindo. Ele saiu do carro, deu um passo, depois voltou. – Falando em nomes, me lembrei de onde conheço o nome Rom Rush.

– O quê?

– Vem de Rum Rosh. Está nos Salmos, no original em hebraico. Significa: "Deus ergueu minha cabeça." Aprendi quando era garoto. Um padre me ensinou. Os irlandeses e suas igrejas, sabe como é.

LeFleur o encarou.

– O que você quer dizer com isso?

– Acho que a pessoa que encontrou aquele bote estava pregando uma peça em você, Jarty.

Ele jogou sua bolsa de viagem sobre o ombro e foi andando para o terminal.

LeFleur voltou à delegacia refletindo sobre o que Dobby dissera. Ele recordou o dia em que conheceu Rom, a viagem até Marguerita Bay. Rom tinha deixado LeFleur examinar o bote sozinho. E, sempre que LeFleur olhava na sua direção, Rom estava virado para o outro lado, encarando as colinas, como se nunca tivesse visto aquele lugar antes.

Mas ele *tinha* visto. Caso contrário, como teria avisado sobre o local da descoberta? E Marguerita Bay não era um lugar de fácil acesso; era preciso estacionar no mirante e descer a pé pela trilha. Adolescentes gostavam de ir lá, para fumar e beber, porque era fácil se esconderem caso vissem alguém se aproximando...

LeFleur pisou no freio e fez o jipe dar meia-volta.

Vinte minutos depois, ele corria pela trilha até a água. Ao chegar à praia, tirou os sapatos e pisou na areia molhada. O céu estava límpido e o mar tinha um tom azul-turquesa. Enquanto ele dava a volta em uma formação rochosa alta, viu uma figura magra, barbada, sentada ao longe, apoiado nas palmas das mãos, enquanto pequenas ondas quebravam e batiam em suas pernas antes de se recolherem.

LeFleur andou mais alguns metros antes de o homem virar a cabeça.

– Rom?

– Oi, delegado.

– Tem muita gente procurando por você.

O homem não respondeu. LeFleur se agachou ao seu lado.

– Há quanto tempo você está nesta ilha? De verdade.

– Um tempinho.

– E aquele bote chegou aqui bem antes de você ir à delegacia.
– Pois é.
– Você sabia que eu encontraria o caderno, não é? Você já tinha lido tudo.
– Sim.
– E deixou as últimas páginas pra mim naquele envelope.
– Deixei.
LeFleur comprimiu os lábios.
– Por quê?
– Achei que elas pudessem ajudar o senhor. – Rom se virou para ele. – Ajudaram?
– Sim. – LeFleur suspirou. – Na verdade, ajudaram bastante. – Ele fez uma pausa, analisando o rosto de Rom. – Mas como você sabia que eu precisava de ajuda?
– Foi quando nos conhecemos. A foto da sua família. Sua esposa. Sua filhinha. Vi a tristeza nos seus olhos. Eu sabia que você devia ter perdido alguém daquela foto.
LeFleur resmungou qualquer coisa. Rom passou as mãos pela areia.
– O senhor acreditou na história que leu, delegado?
– Em partes.
– Que partes?
– Bom. Acredito que Benji estava no bote.
– Só ele?
LeFleur pensou.
– Não. Só ele, não.
Rom balançou os dedos e revelou um caranguejo pequeno. Ele o ergueu.
– O senhor sabia que caranguejos trocam de casca 30 vezes ao longo da vida? – Ele olhou para o mar. – Este mundo pode ser um lugar desafiador, delegado. Às vezes, é preciso deixar pra trás quem você era pra viver como você é.

– Foi por isso que mudou seu nome? – indagou LeFleur. – Rum Rosh? "Deus ergueu sua cabeça"?

O homem sorriu, mas não olhou na sua direção. LeFleur sentiu o sol quente batendo na nuca. Ele observou o horizonte azul. A distância de Cabo Verde até a praia onde estavam era de milhares de quilômetros.

– Como você conseguiu, Benji? Como sobreviveu sozinho por tanto tempo?

– Eu nunca estive sozinho – disse o homem.

Com o tempo, Monserrat foi se acalmando. Os jornalistas foram embora. O bote foi enviado para um laboratório em Boston. Leonard Sprague, o comissário de polícia, ficou frustrado porque a atenção da mídia, apesar de provocar curiosidade, não aumentou o turismo na ilha.

O repórter de TV Tyler Brewer recebeu um prêmio por sua cobertura abrangente da história do *Galáxia*, depois foi apurar outras histórias. A seguradora que cobria o iate foi obrigada a pagar uma indenização vultosa depois de os analistas concluírem que o naufrágio não foi causado por negligência, mas por um ataque de mamíferos, que criaram buracos no casco frágil e causaram uma explosão na sala de máquinas.

As famílias dos desaparecidos no mar obtiveram certo conforto ao terem conhecimento do local de descanso dos seus entes queridos. Nas semanas seguintes, algumas dessas famílias receberam cartas curiosas. Alexander Campbell, o filho mais novo de Nevin Campbell, recebeu uma carta anônima que contava que seu pai se arrependia de não ter passado mais tempo com ele. Dev Bhatt, marido da Sra. Latha Laghari, recebeu um envelope com um par de brincos.

Seis meses depois, Jarty LeFleur e sua esposa, Patrice, foram ao médico e descobriram que Patrice estava grávida.

– É sério? – disse ela, então começou a chorar e abraçou o marido, que estava boquiaberto de felicidade e surpresa.

E, pouco depois disso, um carro alugado foi até Marguerita Bay, e um homem usando calça jeans preta e botas desceu até a praia, segurando um caderno surrado. Quando ele viu um homem magro vindo na sua direção, os dois começaram a correr, gritando os nomes um do outro, até se abraçarem em um reencontro muito esperado.

No fim, existem o mar, a terra e as notícias que se passam entre os dois. Para espalhar essas notícias, contamos histórias uns aos outros. Às vezes, as histórias falam de sobrevivência. E, às vezes, essas histórias, assim como a presença do Senhor, são difíceis de acreditar. A menos que acreditar seja o que as torna verdadeiras.

Agradecimentos

Primeiro, quero agradecer a vocês, caros leitores, por tirarem um tempo para ler as minhas histórias. Que o desconhecido no seu bote salva-vidas sempre os guie, os inspire e os ilumine.

Em seguida, apesar de este ser um trabalho de ficção, contei com certa ajuda sobre a vida real para tornar as cenas no mar o mais realistas possível. Por isso, quero agradecer a Jo-Ann Barnas por sua pesquisa excelente e, por intermédio dela, agradeço a Mark Pillsbury, editor da *Cruising World*, e A. J. Barnas, diretor de operações marítimas.

Um obrigado especial a Ali Nesser (o que existe de verdade) por sua leitura apurada e seu conhecimento sobre a recuperação de destroços de embarcações. Além disso, apesar de não ter uma conexão direta com este livro, quero citar muitas pessoas de fé que me inspiraram e influenciaram a forma como penso sobre o assunto, incluindo Albert Lewis, Henry Covington, David Wolpe, Steve Lindemann e Yonel Ismael.

Tenho uma equipe que me ajuda a trabalhar e abre espaço para eu me jogar e criar botes salva-vidas imaginários. Quero saudá-las e agradecê-las por essa bênção: Rosey, Mendel, Kerri, Vince, Rick e Trish.

Como sempre, agradeço à minha editora, a fantástica Karen

Rinaldi, que se animou com esta ideia imediatamente (muito antes de ela saber quem era o estranho que veio do mar), e ao meu amigo e agente de longa data, David Black, que faz com que eu sinta que todo livro que escrevo é especial.

Também sou grato a todos da Harper que apoiam o meu trabalho, incluindo Jonathan Burnham, Doug Jones, Leah Wasielewski, Tom Hopke, Haley Swanson, Rebecca Holland, Viviana Moreno e Leslie Cohen, que se esforçam muito para divulgar meus livros para o mundo. E, mais uma vez, a Milan Bozic, por criar outra capa memorável.

Obrigado a todo mundo da Black Inc, incluindo Ayla Zuraw Friedland, Rachel Ludwig e a inigualável Susan Raihoffer, que leva minhas histórias para o mundo e volta para me contar o que o mundo acha delas.

Um obrigado especial a Antonella Iannarino, que me mantém conectado com o universo digital. E a Ashley Sandberg, que encontra novas formas de compartilhar minhas histórias com públicos em todos os lugares.

Os primeiros leitores deste livro foram adolescentes do orfanato Have Faith Haiti, em Porto Príncipe, no Haiti, e agradeço a eles por suas observações maravilhosas. Sua fé incansável me impressiona todos os dias.

E, como somos quem somos em grande parte graças às nossas famílias, quero agradecer aos meus pais, Ira e Rhoda Albom, apesar de, infelizmente, este ser o primeiro livro meu que eles não poderão ler; à minha irmã, Cara; ao meu irmão, Peter; aos meus muitos cunhados e cunhadas; aos meus amados sobrinhos, sobrinhas e primos; e aos meus sogros, Tony e Maureen.

Por último, no final de todas as nossas histórias está a pessoa que amamos, e no final da minha sempre está Janine.

CONHEÇA ALGUNS DESTAQUES DE NOSSO CATÁLOGO

- Augusto Cury: Você é insubstituível (2,8 milhões de livros vendidos), Nunca desista de seus sonhos (2,7 milhões de livros vendidos) e O médico da emoção
- Dale Carnegie: Como fazer amigos e influenciar pessoas (16 milhões de livros vendidos) e Como evitar preocupações e começar a viver
- Brené Brown: A coragem de ser imperfeito – Como aceitar a própria vulnerabilidade e vencer a vergonha (600 mil livros vendidos)
- T. Harv Eker: Os segredos da mente milionária (2 milhões de livros vendidos)
- Gustavo Cerbasi: Casais inteligentes enriquecem juntos (1,2 milhão de livros vendidos) e Como organizar sua vida financeira
- Greg McKeown: Essencialismo – A disciplinada busca por menos (400 mil livros vendidos) e Sem esforço – Torne mais fácil o que é mais importante
- Haemin Sunim: As coisas que você só vê quando desacelera (450 mil livros vendidos) e Amor pelas coisas imperfeitas
- Ana Claudia Quintana Arantes: A morte é um dia que vale a pena viver (400 mil livros vendidos) e Pra vida toda valer a pena viver
- Ichiro Kishimi e Fumitake Koga: A coragem de não agradar – Como se libertar da opinião dos outros (200 mil livros vendidos)
- Simon Sinek: Comece pelo porquê (200 mil livros vendidos) e O jogo infinito
- Robert B. Cialdini: As armas da persuasão (350 mil livros vendidos)
- Eckhart Tolle: O poder do agora (1,2 milhão de livros vendidos)
- Edith Eva Eger: A bailarina de Auschwitz (600 mil livros vendidos)
- Cristina Núñez Pereira e Rafael R. Valcárcel: Emocionário – Um guia lúdico para lidar com as emoções (800 mil livros vendidos)
- Nizan Guanaes e Arthur Guerra: Você aguenta ser feliz? – Como cuidar da saúde mental e física para ter qualidade de vida
- Suhas Kshirsagar: Mude seus horários, mude sua vida – Como usar o relógio biológico para perder peso, reduzir o estresse e ter mais saúde e energia

CONHEÇA OS TÍTULOS DE MITCH ALBOM

Ficção

As cinco pessoas que você encontra no céu
A próxima pessoa que você encontra no céu
As cordas mágicas
O primeiro telefonema do céu
O guardião do tempo
Por mais um dia
O estranho que veio do mar

Não ficção

A última grande lição
Tenha um pouco de fé
Um milagre chamado Chika

Para saber mais sobre os títulos e autores da Editora Sextante,
visite o nosso site e siga as nossas redes sociais.
Além de informações sobre os próximos lançamentos,
você terá acesso a conteúdos exclusivos
e poderá participar de promoções e sorteios.

sextante.com.br